PUBLICATION MENSUELLE

N° 1

EDITIONS DE L

Tom le Ramoneur

par

CHARLES KINGSLEY

Adapté de

l'anglais par ELSIE MASSON

Illustrations de PIERRE ROSSI

I

L'ÉCOLE ÉMANCIPÉE

SAUMUR

EDITIONS DE LA JEUNESSE

Tom le Ramoneur

par

CHARLES KINGSLEY

Adapté de

l'anglais par ELSIE MASSON

L'ECOLE EMANCIPEE
== 15, Rue Fardeau ==
=== SAUMUR ===

Sur le chemin du château de Harthover (page 9)

CHARLES KINGSLEY

Après avoir lu le beau conte qu'une amie a tra-
duit pour vous, peut-être aimerez-vous connaître
un peu celui qui l'écrivit.

Charles Kingsley naquit en Angleterre en 1819.
Tout enfant, il aimait parcourir les collines,
gravir les rochers. Bien que studieux, il savait jouir
de ses vacances : ami des marins, il savait manier
habilement une barque, hisser, carguer une voile,
lancer un filet.

Devenu homme, il fut ministre protestant et très
réputé pour ses idées généreuses, sa bonté. Il avait
pitié de ceux qui souffraient et il aurait voulu amé-
liorer le sort des classes pauvres, se rapprochant
ainsi des socialistes. Cela lui valut d'ailleurs d'être
très critiqué. Il ne s'en inquiéta pas autrement :
« Quand on marche de l'avant, on est toujours vivement attaqué ».

Charles Kingsley eut aussi une belle renommée
comme écrivain. Il développa ses idées dans des
conférences, des sermons, des articles de journaux,
des romans. Il écrivit aussi des œuvres d'un autre
genre, des contes comme « Les bébés d'eau », paru
en 1863, d'où est extraite l'histoire de Tom. Kingsley
est classé parmi les bons romanciers anglais.

Mais sa bonté se manifestait surtout dans l'intimité, au milieu de ses nombreux enfants qu'il éle-

vait gaîment. On dit que dans sa maison étaient permises beaucoup de choses défendues ailleurs, et que cependant on y était raisonnable et bien heureux.

C'est à lui qu'on apportait la poupée cassée, le jouet brisé, l'oiseau meurtri. Il savait recoller, guérir, consoler. Il aimait aussi les bêtes : chevaux, chiens, chats étaient ses amis.

Charles Kingsley entreprit plusieurs grands voyages pour répandre ses idées. Il mourut en 1875, bien regretté de ceux qui l'avaient connu.

Et maintenant, petits amis, relisez l'histoire de Tom ; quand vous aurez fait la part du merveilleux, il vous sera facile de dégager de ce joli conte les qualités qui furent les règles de vie de l'auteur : courage, justice et bonté.

Tom le ramoneur et son maître Grimes

l y avait une fois un petit ramoneur qui s'appelait Tom. Il habitait le nord de l'Angleterre, où il y avait beaucoup de cheminées que ramonait Tom, — gagnant ainsi l'argent que dépensait son maître. — Il ne savait ni lire ni écrire et il ne se souciait nullement ni de l'un, ni de l'autre ; il ne se lavait jamais non plus, parce qu'il n'y avait pas d'eau dans la ruelle où il logeait. Il passait une moitié de sa vie à rire, l'autre à pleurer. Il pleurait quand il fallait grimper dans les sombres cheminées, où il s'écorchait les genoux et les coudes ; il pleurait quand la suie lui entrait dans les yeux, — ce qui lui arrivait tous les jours de la semaine ; — il pleurait quand son maître le battait, — ce qu'il faisait tous les jours de la semaine ; — et il pleurait quand il n'avait pas assez manger, — ce qui lui arrivait également tous les jours de la semaine. — Autrement il riait ; il riait quand il jouait à pile ou face ou à saute-mouton avec d'autres gamins, ou quand il roulait de grosses pierres entre les pattes des chevaux en se cachant cependant derrière un pan de mur.

Le ramonage, la faim, les coups lui semblaient faire partie tout simplement de la vie normale, — et il recevait tout, comme le vieil âne de son maître recevait une averse de grêle, — et, comme lui, se secouait joyeusement une fois l'averse finie.

Puis il songeait au bel avenir qui l'attendait, quand il serait maître ramoneur et qu'il pourrait aller au cabaret boire son litre de bière, fumer la pipe, jouer aux cartes, avoir un bouledogue blanc avec une oreille grise et en porter les petits dans ses poches, tout comme un homme. Et alors il aurait des apprentis, — un, deux, trois, — et il les bousculerait et les maltraiterait comme son maître le faisait, et il leur ferait traîner les sacs de suie pendant que lui-même monterait sur l'âne par devant, la pipe à la bouche, une fleur à la boutonnière, comme un roi à la tête de son armée.

Or, un jour, un petit groom cossu vint, à cheval, demander au maître de Tom de ramoner des cheminées chez Sir John Harthover. Le maître fut si content de son nouveau client qu'il jeta Tom par terre tout de suite, but plus de bière pendant cette seule soirée qu'il n'en buvait pendant deux d'habitude ; car il voulait se lever de bonne heure le lendemain matin, et plus on a mal à la tête en se réveillant, plus on est content de se lever pour aller respirer l'air frais.

Il se leva à 4 heures le lendemain matin, et il jeta Tom par terre de nouveau pour lui apprendre qu'il fallait être tout particulièrement sage ce jour-là, parce qu'ils allaient dans une très grande maison. Tom était de son avis et se serait bien conduit sans avoir été jeté par terre, car, de tous les coins du monde, le château de Harthover (qu'il n'avait jamais vu) lui paraissait le plus merveilleux et Sir John (qu'il avait vu, puisque c'était lui qui l'avait envoyé deux fois en prison), l'être le plus terrible.

Peut-être que vous ne vous êtes jamais levé à 4 heures du matin en plein été. Il y a des gens qui se lèvent à cette heure, parce qu'ils veulent pêcher, — d'autres parce qu'ils veulent gravir les Alpes, — et encore d'autres qui se lèvent parce qu'il le faut; et c'était le cas de Tom. Mais je vous assure que 3 heures du matin en été est le moment le plus agréable des 24 heures et des 365 jours, et je n'ai jamais pu comprendre pourquoi personne ne se lève à ce moment-là, — à moins que ce ne soit parce que tout le monde veut user ses nerfs et son teint en faisant pendant la nuit ce qui devrait être fait pendant la journée. Mais Tom allait se coucher à 7 heures quand son maître se rendait au cabaret, et alors il dormait comme un loir, de sorte que le lendemain matin le trouvait toujours frais et dispos, prêt à se lever quand les beaux messieurs et belles dames se préparaient à se coucher.

Tom s'occupait à cueillir des fleurs... et l'Irlandaise
l'y aidait... (page 11).

Sur le chemin du Château de Harthover

Il partit donc avec son maître Grimes, (1) qui allait par devant sur l'âne pendant que Tom marchait derrière portant les balais. Ils passèrent de la ruelle à la rue où les toits scintillaient, gris, dans l'aurore grise. Ils laissèrent de côté les mines de houille, et se trouvèrent sur la grande route en vraie campagne, mais là tout était encore noir de poussière de houille, et l'on entendait les battements des grandes machines des mines. Bientôt la route et les murs devinrent tout blancs et au pied des murs on voyait pouser de l'herbe longue et de jolies fleurettes trempées de rosée, et au lieu de grognements des machines, on entendait l'alouette chanter sa chanson haut dans les airs et l'oiseau des marais gazouiller comme il avait fait pendant toute la nuit.

A part cela le silence régnait. Car la vieille Madame Terre dormait encore, et, comme bien d'autres jolies personnes, elle était encore plus jolie endormie qu'éveillée. Les grands hêtres dormaient dans les prairies vert d'or, — et aux pieds des hêtres, les vaches dormaient ; — les quelques nuages même que l'on voyait au ciel, dormaient également, et ils étaient si las qu'ils étaient venus se coucher sur la terre et gisaient

____

(1) Grimes : Le mal propre, le mal lavé.

en flocons blancs, en longues barres parmi les troncs des hêtres, sur les cimes des saules à côté du ruisseau, et ils attendaient que le soleil leur ordonnât de se lever et de vaquer à leurs affaires là-haut dans le clair ciel bleu.

Grimes et Tom marchaient toujours. Tom regardait autour de lui, — car il n'avait jamais de sa vie vu la vraie campagne d'aussi près, et il mourait d'envie de passer par-dessus une barrière pour cueillir des boutons d'or et pour chercher des nids dans les haies, — mais M. Grimes était homme d'affaires, et jamais il n'aurait voulu entendre parler de pareille chose.

Bientôt ils rejoignirent une pauvre femme irlandaise qui marchait péniblement, un paquet suspendu à l'épaule. Comme les Irlandaises du Sud, elle portait un châle gris sur la tête et un jupon écarlate. Elle n'avait ni souliers ni bas et elle boîtait comme si elle était très lasse ; mais c'était une grande et belle femme, aux brillants yeux gris et aux longs cheveux noirs qui lui entouraient le visage. Elle plut tellement à M. Grimes que, lorsqu'il se trouva à côté d'elle, il lui cria :

— C'est un dur chemin pour un beau pied comme le tien. Monte un peu derrière moi ?

Mais il se peut qu'elle n'aimât point le regard ni la voix de M. Grimes, car elle répondit doucement :

— Non, — je vous remercie, j'aimerais mieux continuer à pied avec le petit.

— Comme tu voudras, grommela M. Grimes, et il se remit à fumer.

Elle marcha donc avec Tom et lui parla, lui

demandant où il habitait, ce qu'il savait et tout ce qui le concernait. Tom se disait qu'il n'avait jamais connu une femme aussi gentille.

A son tour, Tom lui demanda où elle habitait, et elle lui dit que c'était bien loin de là, — sur le bord de la mer, — et elle lui parla de la mer, — de sa voix orageuse quand elle se brise sur les rochers les nuits d'hiver, — de son calme pendant les beaux jours d'été, alors qu'elle sourit et permet aux petits enfants de se baigner dans ses ondes.

Enfin, au pied de la colline, ils trouvèrent une source, — une jolie source sortant tout droit d'une caverne de rocher et descendant à pic en riant et sautant, — puis se cachant sous la route et formant ensuite un ruisseau assez large pour faire marcher un moulin. — Sur les bords poussaient des géraniums bleus, des framboisiers sauvages et des cerisiers avec leurs grappes de fleurs, blanches comme la neige.

Grimes s'arrêta et regarda. Tom regarda également en se demandant si rien ne sortait, le soir, de cette sombre caverne, pour voler dans les prairies pendant la nuit. Mais Grimes ne se demandait rien. Sans mot dire il descendit de son âne, passa par-dessus la petite muraille et commença à tremper sa vilaine tête dans la source, en la troublant beaucoup.

Tom s'occupait à cueillir des fleurs aussi vite qu'il pouvait, et l'Irlandaise l'y aidait, lui montrant à en faire des bouquets. Mais quand Tom remarqua que Grimes se lavait, il s'arrêta ahuri, — et, quand Grimes eut fini et eut secoué ses oreilles pour les sécher, Tom lui dit :

— Mais, Monsieur, je ne vous ai jamais vu faire ça !

— Et tu ne le verras plus jamais sans doute. C'est pas pour être propre que je l'ai fait, mais pour me mettre au frais. J'aurais honte, moi, d'avoir besoin de me laver tous les huit jours à peu près, comme ces sales petits mineurs.

— J'aimerais bien aussi mettre la tête dans la source, dit le pauvre petit Tom. On doit y être bien, — comme sous la pompe de la ville, — seulement là, il n'y a personne pour vous chasser.

— Veux-tu bien venir ? dit Grimes. Pourquoi veux-tu te laver, toi ? T'as pas avalé quatre litres de bière, hier au soir, comme moi.

— Tant pis, je me fiche de vous, dit Tom. Et courant au ruisseau il se mit à se laver.

Grimes était de très mauvaise humeur, — et il rattrapa Tom, — et en jurant horriblement après lui, le saisit et commença à le battre. Mais Tom y était habitué et mettant sa tête à l'abri entre les jambes de M. Grimes, il lui donna force coups de pied.

— N'avez vous pas honte, Thomas Grimes ? cria l'Irlandaise de l'autre côté du mur.

Grimes se tourna, ahuri d'entendre son nom, — mais il répondit seulement : Non, — et continua à taper sur Tom.

— Ça c'est bien vrai. Si vous aviez jamais eu honte, vous seriez parti pour le Vendale depuis longtemps.

— Que sais-tu du Vendale ! cria Grimes, cessant de battre Tom.

— Je sais tout du Vendale et de vous. Je sais ce qui arriva, il y aura bientôt deux ans.

— Tu sais ça ? cria Grimes, et lâchant Tom, il passa par-dessus le mur et regarda l'Irlandaise en face. Tom pensa qu'il allait lui donner un coup, mais elle le regarda trop fièrement pour qu'il osât le faire.

— Oui, j'étais là, dit tranquillement l'Irlandaise.

— Tu n'es pas Irlandaise, d'après ton accent, dit Grimes, jurant de nouveau.

— Ne vous occupez pas de moi. J'ai vu ce que j'ai vu, et si vous touchez encore à ce petit, je dirai ce que je sais. Grimes eut l'air d'avoir peur et monta sans mot dire sur l'âne.

— Arrêtez ! dit l'Irlandaise. J'ai encore un mot à vous dire, à tous deux, — car vous allez me voir de nouveau avant la fin de cette histoire : — ceux qui veulent être propres seront propres, ceux qui veulent être sales seront sales. Ayez-en souvenance.

Elle s'éloigna et passa dans une prairie voisine. Grimes resta silencieux pendant un instant, comme ferait un homme qui a reçu un grand coup. Puis il se mit à courir après la femme en lui criant : Reviens ! Reviens ! Mais arrivé à la prairie, il ne trouva plus personne...

Grimes revint, — silencieux, — et, allumant de nouveau sa pipe, monta sur l'âne et laissa Tom en paix.

Ils marchèrent ainsi pendant plus de trois milles et arrivèrent enfin à l'entrée de la propriété de Sir John, puis, ayant traversé un beau parc, au grand portail en fer forgé qui se trouvait devant la maison.

Il resta à la regarder comme si c'était un ange
tombé du ciel (page 17).

La blanche petite dame

Naturellement ils n'entrèrent pas dans la maison par ce portail-là, — car ils n'étaient ni ducs ni évêques, — il leur fallut faire un long chemin et, arrivés derrière la maison, on leur ouvrit une petite porte, et dans un corridor ils trouvèrent l'intendante qui avait une si belle robe de chambre en étoffe claire que Tom la prit pour la maîtresse de maison. Elle donna toutes sortes d'ordres à Grimes, comme si c'était lui qui devait monter dans les cheminées, et non point Tom. Grimes l'écoutait et de temps en temps il chuchotait à Tom : Tu entends ? dis, petit animal ?

Enfin, l'intendante les mena dans une majestueuse pièce, tout ensevelie sous de grandes feuilles de papier, et après avoir pleurniché et reçu deux ou trois coups de pied de son maître, Tom se mit à grimper.

Je ne sais pas combien de cheminées Tom ramona ce matin-là, mais le nombre en fut grand, et Tom commençait à être las et embarrassé, car ces cheminées ne ressemblaient pas aux cheminées de ville auxquelles il était habitué. C'étaient de vieilles cheminées d'une vieille maison de campagne qu'on avait rebâtie bien des fois et les cheminées avaient fini par s'entrecroiser beaucoup, tant et si bien que Tom se perdit : ce ne fut point l'obscurité qui l'ennuya, — il y

était aussi accoutumé qu'une taupe, — mais
alors qu'il croyait redescendre dans la cheminée
ramonée il se trouva, à sa grande surprise, sur le
foyer d'une pièce telle qu'il n'en avait jamais vu.

Telle qu'il n'en avait jamais vu, — car Tom
avait seulement fréquenté les maisons des gens
riches quand on avait ôté les tapis et les rideaux
et entassé les meubles et couvert les tableaux, —
il s'était souvent demandé même, quel air ces
pièces pouvaient bien avoir d'habitude. Il se
trouva devant ce spectacle pour la première fois,
et cela lui sembla bien beau.

Toute la pièce était blanche, — de blancs rideaux aux fenêtres et au lit, des meubles blancs,
des murs blancs avec une petite raie rose par ci
et par là, — un tapis couvert de gaies fleurettes
et des tableaux aux cadres dorés suspendus aux
murs. Tout cela amusa beaucoup Tom, puis il se
tourna pour regarder une autre chose qui l'intri-
gua fort. C'était une table de toilette avec des
cuvettes et des brocs, du savon et des brosses et
des serviettes, et tout à côté, une baignoire remplie d'eau propre. Que de choses pour se laver !
D'après ce que dit mon maître, ça doit être une
demoiselle bien sale si elle a tant besoin de se
frotter pensa Tom (il s'était déjà aperçu que la
chambre devait être celle d'une demoiselle, à
cause des robes qui y traînaient), mais elle était
bien maligne tout de même de cacher si bien
toute la saleté, car il n'y en a pas ici, bien sûr,
pas même sur les serviettes !

Puis, se tournant vers le lit, il vit la demoiselle sale, et il tressauta.

Sous le couvre-pied blanc comme la neige, sa

tête reposant sur un blanc oreiller. dormait la plus belle petite fille que Tom eût jamais vue. Ses joues paraissaient presque aussi blanches que l'oreiller, et ses cheveux étaient épars sur le lit comme des fils d'or pur. Elle devait avoir à peu près le même âge que Tom, mais Tom ne pensa point à cela. Il pensa seulement à sa peau délicate, à ses cheveux dorés, et il se demanda si c'était vraiment un être vivant, ou bien une de ces poupées que l'on voit dans les magasins. Puis il remarqua qu'elle respirait, et il resta à la regarder comme si c'était un ange tombé du ciel.

Non. Elle n'était pas sale, ce n'est pas possible qu'elle ait jamais été sale, se dit Tom. Est-ce que tous les gens sont comme ça quand ils se lavent? Il regarda son propre poignet et essaya de frotter la suie. « Sûrement je serais mieux si j'étais un peu comme elle! »

Se tournant tout d'un coup, il vit à côté de lui un vilain petit être, noir, déguenillé, les yeux rouges, les dents blanches et scintillantes. Cela le fâcha. Que faisait-il là, ce vilain singe noir, chez cette douce fée? Il se rendit brusquement compte que c'était lui-même, et qu'il se voyait dans une grande glace.

Pour la première fois de sa vie Tom sentit qu'il était sale, et il éclata en larmes de honte et de désespoir. Il essaya de filer doucement par la cheminée, mais il renversa le garde-feu avec les pinces et la pelle, ce qui fit plus de tapage que ne feraient dix mille casseroles attachées aux queues de dix mille chiens enragés.

La petite dame blanche se réveilla en sursaut, et, voyant Tom, poussa un cri plus aigu que ce lui d'un paon. Une vieille bonne entra en courant, et voyant Tom, décida sur le champ qu'il était venu voler, cambrioler, détruire, brûler; elle se précipita sur lui et réussit à lui saisir la jaquette.

Mais elle ne put la garder. Tom s'était senti bien des fois entre les pattes des agents de ville, — et ce qui est bien plus extraordinaire, — il en était sorti. Il aurait eu honte de dire à ses amis qu'il avait été assez bête pour se laisser prendre par une vieille femme, de sorte qu'il lui glissa entre les mains, fila à travers la chambre et sortit par la fenêtre.

« Au meurtre ! Au meurtre ! Au voleur ! » (page 20).

Au meurtre, au meurtre, au voleur!

Un grand arbre s'étalait sous la fenêtre, un arbre avec de larges feuilles sombres et des fleurs douces et blanches. C'était un magnolia, sans doute, mais Tom n'en savait rien et s'en souciait encore moins. Il descendit de l'arbre comme un chat, courut à travers la pelouse, passa par-dessus la palissade, traversa le parc et se trouva dans le bois, laissant la vieille bonne criant à la fenêtre : « Au meurtre ! Au meurtre ! Au voleur ! »

L'aide-jardinier, voyant Tom, laissa tomber sa faux ; s'y prit la jambe, se coupa et dut rester huit jours au lit, — mais au moment même il ne s'en douta pas, — et se mit à courir après le pauvre Tom.

La laitière, entendant le bruit, les jambes embarrassées de sa baratte, tomba par terre, versant toute la crème, mais elle se leva vite, et se mit à courir après Tom.

Un groom qui nettoyait le cheval de Sir John dans l'écurie, le lâcha, recevant ainsi des coups de pied qui le rendirent boiteux au bout de cinq minutes, mais il sortit de l'écurie et se mit à courir après Tom.

Grimes renversa son sac de suie dans la cour nouvellement sablée et la souilla tout à fait, mais il se mit à courir après Tom.

Le vieil agent ouvrit le portail du parc si vite

qu'il y accrocha le museau de son poney et, pour autant que je sache, le poney y est suspendu encore, car l'agent sauta à terre et se mit à courir après Tom.

Le laboureur quitta ses chevaux en haut de la pente, et l'un d'entre eux passa par-dessus la haie et entraîna l'autre dans le fossé ; mais le laboureur ne s'en soucia pas et se mit à courir après Tom.

Le garde-champêtre, en train de sortir une taupe d'une trappe, laissa partir la taupe et accrocha son propre doigt dans la trappe ; mais il se leva vite et se mit à courir après Tom. Quand on pense à l'air qu'il avait et à ce qu'il disait, on juge que Tom aurait été à plaindre s'il lui était tombé entre les mains.

Sir John regarda par la fenêtre de son cabinet de travail (car c'était un vieux monsieur très matinal) et une hirondelle lui fit tomber de la boue dans l'œil, — de sorte qu'ensuite il dut faire venir le médecin, — pourtant il sortit de la maison et se mit à courir après Tom.

L'Irlandaise qui se dirigeait vers la maison pour mendier, lâcha son paquet et se mit à courir après Tom.

Dans tout le château il n'y eut que Madame qui ne courut pas après lui, car lorsqu'elle passa sa tête par la fenêtre sa perruque de nuit tomba dans le jardin et elle dut sonner sa femme de chambre, et l'envoyer la chercher à la dérobée, de sorte qu'elle ne prit point part à la course, et on ne peut signaler son rang.

Enfin jamais on n'entendit parler d'une telle affaire au château, pas même le jour où l'on tua un renard dans la serre parmi des mètres carrés de verre brisé, et des tonnes de pots à fleurs en morceaux. Jamais on n'a connu un tel vacarme, un tel désordre, un tel émoi, un tel mépris pour tout repos, toute dignité, tout ordre que le jour ou Grimes, le jardinier, la laitière, le groom, Sir John, l'agent, le laboureur, le garde-champêtre et l'Irlandaise se mirent tous à courir à travers le parc après Tom, croyant qu'il avait au moins pour 25.000 francs de bijoux dans ses poches vides. Même les pies et les loriots suivirent Tom, poussant des cris aigus, comme s'il était un pauvre petit renard dont la queue commence à se traîner.

Et, en attendant, Tom se hâtait, à travers le parc, avec ses pieds nus, semblable à un petit singe noir allant se cacher dans la forêt. Hélas ! il n'avait pas à côté de lui un grand père-singe qui aurait combattu pour lui, qui aurait arraché les entrailles du jardinier d'une patte, jeté la laitière dans un arbre de l'autre, décapité Sir John d'une troisième, tout en brisant le crâne du garde-champêtre avec ses dents aussi facilement qu'une noix ou qu'un pavé.

Mais Tom ne pouvait pas se souvenir d'avoir jamais eu de père et il ne s'attendait pas à recevoir d'aide de personne, et par exemple il savait courir, il était capable de suivre une diligence pendant 2 milles s'il avait le moindre espoir d'obtenir ainsi un petit sou ou un bout de cigare, de sorte que ses chasseurs trouvèrent la chasse difficile, et on peut espérer qu'ils ne réussirent jamais à l'attraper.

Il va sans dire que Tom se dirigea vers lebois. Il n'avait jamais été dans un bois de sa vie, mais il était assez intelligent pour comprendre qu'il pouvait se cacher dans un buisson, grimper dans un arbre et qu'on ne le verrait pas autant que dans une plaine ; mais arrivé au bois, il le trouva tout différent de ce qu'il croyait. Il se cacha sous une grande touffe de rhododendrons, et se trouva tout de suite emprisonné. Les branches lui saisirent jambes et bras, lui firent fermer les yeux, lui donnèrent des coups dans la figure et la poitrine et, une fois sorti des rhododendrons, l'herbe longue et les roseaux s'emparèrent de lui et lui coupèrent les doigts ; et les branches des arbres lui fouettèrent la figure.

— Faut sortir d'ici, pensa Tom, autrement on viendra me montrer le chemin, et j'y tiens pas.

Mais comment en sortir, voilà la difficulté, et en vérité je ne crois pas que Tom en serait jamais sorti, je crois qu'il y serait resté jusqu'à ce que les rouges-gorges l'eussent couvert de feuilles, si tout d'un coup il ne s'était cogné la tête contre un mur.

Or ce n'est point agréable de se cogner la tête contre un mur, surtout si le mur est mal bâti, avec des pierres posées n'importe comment, et où un petit angle pointu vous frappe entre les yeux et vous fait voir toutes sortes de belles étoiles. Evidemment les étoiles sont bien belles, mais malheureusement elles s'en vont dans la vingt millième partie d'une seconde divisée en deux, et la douleur qui les suit ne s'en va pas si vite. Donc, Tom se blessa la tête, mais c'était un gamin courageux, et il n'y fit aucune attention. Il devina que de l'autre côté du mur le bois se terminait, et il grimpa sur ce mur et passa par-dessus comme un écureuil.

Le voilà sur les grandes landes pleines de gibier, que les paysans appellent Harthover Fell ; de la bruyère, des marécages, des rochers, s'étendant très loin et très haut, aussi haut que le ciel même.

Or, Tom était fort rusé, aussi rusé qu'un cerf, d'Exmoor. Pourquoi pas ? Quoiqu'il n'eût que dix ans il avait vécu plus longtemps que la plupart des cerfs et par-dessus le marché il était plus intelligent qu'eux.

Il savait aussi bien qu'un cerf que, s'il retournait sur ses pas, il dépisterait les chiens. Donc la première chose qu'il fit, une fois arrivé de l'autre côté du mur, fut de tourner raide et net à droite, et de courir à l'abri du mur pendant à peu près un kilomètre.

Alors Sir John, le garde-chasse, l'agent, le jardinier, le laboureur, la laitière et toute la meute s'en allèrent tout droit dans la direction opposée pendant à peu près un kilomètre, laissant Tom éloigné d'eux de bien deux kilomètres. Quand Tom entendit leurs cris se perdre dans les bois, il rit gaillardement tout bas.

Enfin il rencontra un grand creux dans le terrain et il se lança jusqu'au fond, puis il se détourna bravement du mur et s'en alla vers la lande, car il savait qu'il y avait une colline entre lui et ses ennemis et qu'il pouvait continuer sa course sans qu'ils le vissent.

De toute la bande, l'Irlandaise seule s'était aperçue de la direction prise par Tom...

Il grimpa sur ce mur... (page 24).

Que le monde est grand !

Voici Tom bien lancé dans la bruyère, et malgré que la lande fût encombrée de rochers et de pierres, Tom put quand même trottiner assez bien et il put même trouver le loisir de regarder cet endroit étrange qui pour lui était un monde nouveau.

Il vit de grandes araignées avec des croix et des couronnes dessinées sur leurs dos ; elles étaient assises au milieu de leurs toiles, et à la vue de Tom elles secouèrent si vite leurs toiles qu'elles devinrent invisibles. Il vit aussi des lézards, bruns, gris, verts, et il crut que c'étaient des serpents qui le mordaient ; cependant les lézards avaient aussi peur que lui et filèrent vite dans les bruyères. Et puis, sous un rocher, il vit un charmant spectacle : une grande bête brune, au museau pointu, avec un bout blanc à sa queue ; elle était entourée de quatre ou cinq petits, tout barbouillés, les plus bizarres créatures que Tom eût jamais vues. Couchée sur le dos, la mère se roulait, étendant pattes, tête et queue au radieux soleil ; ses petits sautaient sur elle, ou couraient autour, lui mordillaient les pattes, la tiraient par la queue, et tout cela avait l'air de l'amuser beaucoup. Mais un d'entre eux, un petit égoïste, se glissa loin des autres jusqu'à l'endroit où gisait, tout près, un corbeau mort et le traîna loin pour le cacher, quoique le corbeau fût presque aussi gros que lui. Ce voyant, tous ses petits frères se précipitèrent à sa poursuite et aperçurent Tom. Alors tous se retournèrent, Madame Renarde se leva d'un bond, en saisit un dans sa bouche, et les autres la suivirent en louvoyant jusqu'à une crevasse sombre entre les rochers, et ce fut la fin du spectacle !

Après cela, Tom eut une secousse. Il était en train de grimper un monticule sablonneux quand : *whirr, poof, poof, cok, cok, kik,* quelque chose lui éclata en pleine figure, en faisant un horrible bruit. Il crut que la terre avait éclaté et que c'était la fin du monde.

Quand il eut rouvert les yeux (car il les avait bien fermés) il découvrit que c'était seulement un vieux coq de bruyère qui s'était lavé dans le sable, comme le font les Arabes, faute d'eau. Alors, quand Tom avait failli lui marcher dessus, il s'était levé d'un bond en faisant un bruit comparable à celui d'un train express, et s'en était allé, laissant sa femme et ses enfants se tirer d'affaire tout seuls, vieux lâche qu'il était, et en criant : « Cur, ru, u, uck, cur, ru, u, uck : au meurtre, au voleur, au feu, cur, u, uck, cock, rick : c'est la fin du monde. Rick, rick, cock, cock. » Il s'imaginait constamment que l'on était à la fin du monde, quand il lui arrivait quelque chose d'extraordinaire.

Mais il n'en était rien, ce n'était même pas le 12 Août (1) malgré que le vieux coq en semblât si certain.

Au bout d'une heure, le vieux coq retourna

---

(1) Date de l'ouverture de la chasse aux coqs de bruyère en Angleterre.

auprès de sa femme et de ses enfants, et il dit avec gravité : « Cock, cock, rick, mes enfants, la fin du monde n'est pas encore venue, mais je vous assure qu'elle va venir, après-demain : cock. » Mais sa femme avait entendu cela tant de fois qu'elle le savait par cœur, et bien d'autres choses aussi. Du reste, c'était une mère de famille avec cinq petits qu'il fallait laver et nourrir tous les jours, ceci la rendait très pratique et un peu aigre de caractère, aussi sa seule réponse fut-elle : « Kick, kick, kick, va attraper des araignées, va attraper des araignées, kick. »

Tom continua son chemin, sachant à peine pourquoi il aimait cet endroit grand, large, étrange, où l'air était frais et vivifiant. Pourtant à mesure qu'il montait, il allait de plus en plus lentement, car maintenant le terrain était vraiment mauvais. Au lieu du doux gazon et de la bruyère élastique, il rencontra de grandes étendues de rochers calcaires, semblables à des rues mal pavées avec de grandes crevasses remplies de fougère. Il fut obligé de sautiller de pierre en pierre, et de temps en temps il glissait et blessait ses petits pieds nus, quoique bien endurcis : pourtant il montait toujours, sans savoir pourquoi.

Qu'aurait-il dit s'il avait vu cette même Irlandaise qui avait pris sa défense tantôt sur la route traverser la lande derrière lui ? Mais soit qu'elle se tînt derrière lui, soit qu'elle fût cachée par les rochers et les monticules, toujours est-il que Tom ne la vit point, quoiqu'elle ne le perdît pas de vue.

Il commençait à avoir petite faim et grande soif, car il avait beaucoup couru et le soleil était déjà haut dans le ciel, les rochers étaient chauds comme un four, et au-dessus d'eux l'air dansait des gigues comme on le voit au-dessus d'un four à chaux, et tout semblait scintiller et se fondre dans la lumière intense.

En attendant, Tom ne trouvait rien à manger, et encore moins à boire.

La lande était couverte de myrtilles et d'airelles, mais elles n'étaient encore qu'en fleurs, car on était au mois de juin. Quant à l'eau, qui en trouverait jamais dans des rochers calcaires ? Pourtant il passait parfois à côté d'un grand trou rond qui s'en allait loin dans la terre, semblable à une cheminée souterraine de nain, et plus d'une fois, en passant, il pouvait entendre l'eau qui coulait, goutte à goutte en chantant, à bien des pieds au-dessous de la terre. Comme il avait envie d'y arriver pour rafraîchir ses pauvres petites lèvres brûlantes ! Mais quelque courageux petit ramoneur qu'il fût, il n'osa descendre dans de pareilles cheminées.

Il continua donc son chemin, et la tête lui tournait de chaleur, et il lui semblait entendre des cloches d'église sonnant, bien loin, bien loin.

Ah ! pensa-t-il, s'il y a une église, il y aura aussi des maisons et des gens, et quelqu'un me donnera peut-être à boire et à manger. Alors il partit de nouveau à la recherche de l'église, convaincu qu'il en entendait nettement les cloches.

Un instant après il s'arrêta, regardant autour de lui : « Que le monde est donc grand ! »

C'était vrai, car du haut de la montagne il voyait... que ne voyait-il pas ?

Derrière lui bien au-dessous, Harthover avec les sombres bois, et la rivière étincelante, remplie de saumons ; à sa gauche, bien au-dessous, la ville avec les cheminées des mines de houille et leur fumée ; et au loin, bien loin, la rivière s'élargissant jusqu'à la radieuse mer, et sur la surface de la mer de petits points blancs, les grands vaisseaux qui passaient.

Devant lui, étendus comme une carte, de vastes landes, des fermes, des villages, cachés dans les sombres groupes d'arbres. Tout cela semblait à ses pieds même, mais il avait assez de bon sens pour savoir que tout était éloigné de lui de bien des kilomètres.

A sa droite, lande après lande, colline après colline, jusqu'à leur évanouissement bleu, dans le ciel bleu. Mais entre lui et ces landes, et réellement à ses pieds, Tom aperçut quelque chose, et il résolut de s'y rendre, comme au seul endroit qui pût lui convenir.

C'était un vallon profond, absolument vert et rocailleux, très étroit et bien boisé, mais à travers le bois, à des centaines de pieds au-dessous de lui, il voyait scintiller un clair ruisseau. Oh ! si seulement il pouvait arriver à ce ruisseau ! A côté du ruisseau il voyait le toit d'une petite chaumière et un petit jardin divisé en carrés et parterres. Il y avait une petite chose rouge qui s'agitait dans ce jardin, une petite chose pas plus grande qu'une mouche. A force de regarder, Tom découvrit que c'était une femme en jupon rouge. Ah ! peut-être qu'elle lui donnerait à manger ! Et voilà ces cloches qui sonnaient de nouveau ! Sûrement en bas il devait y avoir un village. En tous cas, personne n'aurait connaissance de ce qui était arrivé au château. C'était impossible que la nouvelle y fût déjà arrivée, même si Sir John avait mis tous les gendarmes du pays à ses trousses, et il arriverait en bas en cinq minutes.

Tom avait raison de croire que l'alarme n'était pas encore donnée en cet endroit, car sans le savoir il avait mis quinze bons kilomètres entre lui et Harthover ; mais il avait tort de penser qu'il descendrait en cinq minutes, car la chaumière était éloignée de deux kilomètres et se trouvait à mille bons pieds au-dessous de lui. Pourtant il se mit à descendre en courageux petit bonhomme qu'il était, se sentant bien fatigué, ayant mal aux pieds, faim et soif. Et puis les cloches sonnaient à toute volée, et si fort qu'il commençait à croire que c'était dans sa tête qu'elles sonnaient, et loin, bien loin au-dessous, la rivière sonnait aussi et chantait. Et voici la chanson que chantait la rivière :

Claire et fraîche, claire et fraîche,
Avec mes eaux qui rient et mes eaux qui rêvent ;
Claire et fraîche, claire et fraîche,
Avec mes sables qui étincellent et toute mon écume ;
Sous le grand rocher où l'oiseau chante,
Sous le grand mur vert et le beffroi sonnant,
Pure, toute pure, pour ceux qui sont purs ;
Jouez et baignez-vous, ô mère et votre enfant !

Sombre et sale, sombre et sale,
Par la ville qui fume sous son triste linceul ;
Sombre et sale, sombre et sale,
Près des ports et gouttières, mes rives glissantes ;
Sombre et plus sombre, plus je vais loin,
Sale et plus sale, plus je suis riche.
Qui oserait jouer avec moi, la souillée ?
Ne restez pas, détournez-vous, ô mère et votre enfant !

Forte et libre, forte et libre,
Par les écluses ouvertes, jusqu'à la mer !
Forte et libre, forte et libre,
Nettoyant mes ondes dans cette course folle !
Jusqu'aux sables d'or et au delà la barre,
La marée sans tache m'attend, et elle rit !
Dans la mer sans fond je me perds, je me perds,
Comme une âme qui a péché et se trouve pardonnée.
Pure, toute pure pour ceux qui sont purs,
Jouez et baignez-vous, ô mère et votre enfant !

Et Tom continua à descendre, sans jamais remarquer que l'Irlandaise descendait avec lui.

Tom le Ramoneur

par

CHARLES KINGSLEY

Adapté de

l'anglais par ELSIE MASSON

———◦———

II

Tom descend la falaise... (page 35)

Tom descend la falaise

deux kilomètres de distance et avec mille pieds de profondeur !

Tom finit par s'en rendre compte, mais il continua quand même à descendre. D'abord il se fraya un chemin parmi trois cents pieds de bruyère, mélangés de petits cailloux pointus, ce qui n'était point agréable pour ses pauvres petits talons, et il se cognait dur en dégringolant.

Ensuite, il descendit trois cent pieds de terrasse en pierres calcaires taillées aussi exactement que si un ouvrier les eût travaillées avec un ciseau. Là, il n'y avait point de bruyère, mais d'abord une petite pente, couverte des plus jolies fleurs.

Puis... v'lan ! une marche de pierre de deux pieds de haut. Ensuite un peu de gazon et des fleurs. Puis... v'lan ! une marche de pierre d'un pied de haut.

Ensuite, une pente de gazon fleuri qui s'étendait bien à cinquante mètres, raide comme un toit, où il fut obligé de se laisser glisser sur sa petite queue mignonne.

Puis... v'lan ! autre marche de pierre, ayant dix pieds de haut, et là, il lui fallut bien s'arrêter, et aller à quatre pattes le long du bord pour chercher une crevasse quelconque, car s'il avait passé simplement par-dessus, il serait tombé à pic dans le jardin de la vieille, ce qui l'aurait rendue folle de peur.

Enfin, il trouva une étroite crevasse, remplie de fougères pareilles à celle que l'on met dans les salons, et il rampa sur les genoux et les coudes ; puis, encore une pente de gazon ; encore une marche, jusqu'à ce que... oh ! mon Dieu, mon Dieu, je voudrais bien le voir au bout de tout cela.

Et c'était tout ce qu'il souhaitait aussi ! Et toujours il lui semblait qu'il devait pouvoir jeter une pierre jusque dans le jardin de la vieille.

Enfin il arriva à de belles plantes, des arbres, des fougères, des iris, et il put voir le ruisseau étincelant et il put l'entendre murmurer par-dessus des blancs cailloux. Mais il ne se rendait pas compte que ce ruisseau se trouvait encore à trois cents pieds au-dessous de lui.

Vous auriez peut-être eu le vertige, mais ce n'était pas le cas de Tom ; lui était un courageux petit ramoneur, et alors, quand il se vit en haut d'une grande falaise, au lieu de s'asseoir et de pleurer pour avoir son « tou-tou » (il n'en avait

jamais eu !) il se dit : « Tiens ! voilà mon affaire ! »
Et tout fatigué qu'il était, il se mit à descendre
par dessus buissons et rochers, roseaux et fleurs
comme s'il était un gentil petit singe noir avec
quatre mains au lieu de deux.

Et pendant ce temps il ne savait pas que
l'Irlandaise descendait derrière lui.

Maintenant il était terriblement las, le soleil
brûlant des landes l'avait déjà desséché, la chaleur moite des rochers le desséchait bien plus
encore, et la sueur commençait à perler au bout
de ses doigts. Aussi devenait-il petit à petit, plus
propre qu'il ne l'avait été depuis un an. Seulement, il est évident, qu'il salissait tout sur son
passage...

Enfin, Tom arriva au fond, seulement il trouva
que ce n'était pas du tout le fond, découverte que
font bien des personnes qui se promènent dans
les montagnes. Car au pied de la falaise gisaient
des blocs de rochers grands comme une meule de
foin, et, dans l'intervalle, des trous remplis de
jolies fougères. Avant de les traverser, Tom se
trouva de nouveau en plein soleil, et alors il se
sentit (comme cela arrive d'habitude), absolument
à b-o-u-t, à bout.

Mon petit bonhomme, si tu mènes la vie que
devrait mener tout homme, il faut t'attendre à te
trouver à bout plus d'une fois, si fort et bien
portant que tu sois. C'est une sensation bien
désagréable, et de tout mon cœur, j'espère que ce
jour-là tu auras à côté de toi quelque ami fort et
fidèle qui ne sera pas à bout, lui, sinon tu feras
mieux de te coucher là où tu te trouveras et d'attendre des temps meilleurs, comme l'a fait Tom.

Il n'en pouvait plus. Le soleil était brûlant, et pourtant il avait froid, il avait mal au cœur, bien qu'il eût le ventre vide.

Il n'y avait plus que deux cents mètres de belle prairie entre lui et la chaumière et pourtant il lui était impossible de s'y diriger. Il pouvait entendre murmurer le ruisseau éloigné de lui de la longueur de la prairie seulement, et pourtant, il lui semblait loin de plusieurs centaines de kilomètres.

Il se coucha dans l'herbe et resta si tranquille que les scarabées se mirent à courir sur lui et que les mouches se posèrent sur le bout de son nez. Je ne sais pas si jamais il se serait levé, si les moustiques et les cousins ne l'eussent pris en pitié. Les moustiques soufflaient si fort dans leurs trompettes à son oreille même et les cousins lui mordillaient si bien les mains et la figure partout où ils pouvaient trouver un endroit sans suie, qu'enfin il se réveilla, et, en chancelant, passa par-dessus un petit mur, par un sentier, jusqu'à la porte de la chaumière.

C'était une chaumière bien souriante... (page 40).

La Chaumière

Quelle confortable et jolie petite chaumière c'était : son jardin entouré d'une haie d'ifs taillés ; des ifs taillés dans le jardin aussi, en forme de paons, de trompettes, de théières et toutes sortes de choses cocasses. De la porte ouverte sortait un bruit comme celui que font les crapauds quand ils savent qu'il va faire très chaud le lendemain, et tu sais que je ne sais pas et que personne ne sait comment eux seuls le savent.

Tom approcha lentement, jusqu'à la porte ouverte qui était entourée de clématites et de roses, puis il y jeta un coup d'œil, un peu effrayé.

Près de la cheminée vide où se trouvait seulement un pot d'herbes odorantes, il y avait la plus gentille vieille qu'on eût jamais vue. Vêtue d'un jupon rouge, d'une camisole à fleurs, avec une coiffe propre et blanche, et par-dessus la coiffe un foulard en soie noire noué sous le menton. A ses pieds dormait l'aïeul de tous les chats, et en face d'elle, assis sur deux bancs, douze ou quatorze petits gamins, bien habillés, roses, bien nourris, qui apprenaient leur A-B-C ; et ils en faisaient du bruit, en l'apprenant !

C'était une chaumière bien souriante, au sol couvert de briques très propres et reluisantes, de curieuses vieilles gravures sur les murs, un buffet en vieux chêne noirci, garni de plats étincelants en étain et en cuivre. Un coucou dans un angle se mit justement à chanter au moment où Tom entra. Ce n'est pas que Tom l'eût effrayé. C'est seulement parce qu'il était onze heures.

Tous les enfants sursautèrent à la vue de Tom si noir, les filles se mirent à pleurer, les garçons à rire et tous le montrèrent du doigt, assez grossièrement ; mais Tom était trop las pour s'en soucier.

— Qui es-tu ? et que veux-tu ? cria la vieille. Un ramoneur ! Va-t-en ! Je ne veux point de ramoneurs ici !

— De l'eau, dit le pauvre petit Tom, presque évanoui.

— De l'eau ! ça ne manque pas dans le ruisseau, dit-elle aigrement.

— Mais j'peux pas y arriver, je suis quasi mort de faim et de soif. Et Tom s'affaissa sur le seuil et appuya sa tête contre le chambranle de la porte.

La vieille le regarda un instant par-dessus ses lunettes, un instant, puis deux, puis trois et enfin elle dit :

— Il est malade, et c'est un enfant, qu'il soit ramoneur ou non.

— De l'eau ! dit Tom.

— Elle mit de côté ses lunettes, se leva et s'approcha de Tom. L'eau te ferait du mal, je vais te donner du lait, et elle trottina dans l'autre pièce et rentra avec une tasse de lait et un morceau de pain.

Tom but le lait d'un trait, puis releva la tête, un peu remis.

— D'où viens-tu ? dit la vieille.

— De la Lande, là, dit Tom et il montra le ciel du doigt.

— De Harthover !!! et à la descente du rocher de Lewthwaite ? Tu ne mens pas !

— Pourquoi est-ce que je mentirais ? dit Tom, et il appuya sa tête contre la porte.

— Comment es-tu monté là ?

— Je suis venu du Château, — et Tom était si las et si désespéré qu'il n'eut point le courage ni le loisir d'inventer une histoire, alors il dit toute la vérité en peu de mots.

— Tu n'avais donc pas volé ?

— Non.

— Pauvre petit ! Il est venu du Château par la Lande et le Rocher ! qui a jamais ouï chose pareille ! Tu ne manges pas ton pain ?

— J'peux pas.

— Il est bon, c'est moi qui l'ai fait.

— J'peux pas, répéta Tom, et il appuya sa tête sur ses genoux, puis il ajouta : Est-ce que c'est dimanche ?

— Non, bien sûr, pourquoi ?

— Parce que j'entends les cloches qui sonnent tout le temps.

— Ce petit est malade ! Viens avec moi, je te trouverai bien un gîte. Si tu étais un peu plus propre, je te mettrais dans mon lit à moi... mais viens-t-en.

Mais quand Tom essaya de se lever, il eut si fort le vertige que la vieille fut obligée de l'aider et de le conduire.

Elle l'installa dans un hangar sur du foin

Elle l'installa dans un hangar, sur du foin parfumé... (p. 42).

parfumé, mit sur lui une vieille couverture, lui ordonna de dormir pour se remettre ainsi de la fatigue de sa promenade ; et lui promit de revenir après la classe, au bout d'une heure.

Elle s'en alllà, s'attendant à ce que Tom s'endormît tout de suite.

Il faut que je sois propre, que je sois propre.

M ais Tom ne s'endormit point. Il se tourna et se retourna, fit des bonds et donna des coups de pieds d'une façon fort étrange, puis il eut si chaud qu'il désira ardemment s'en aller se plonger dans la rivière pour se rafraîchir, enfin il s'endormit à moitié et rêva qu'il entendait la petite dame blanche lui crier : « Oh ! que tu es sale ! va te laver ! ».

Et ensuite il entendit l'Irlandaise disant : « Ceux qui veulent être propres seront propres ». Et toujours ces cloches sonnaient si fort et si près de lui qu'il était sûr que c'était dimanche malgré ce qu'avait dit la vieille. Il se disait qu'il aimerait aller à l'église, voir comment est une église, à l'intérieur, car il n'y était jamais allé, seulement on ne l'y laisserait pas entrer, tout couvert de suie et sale comme il l'était. Il lui faudrait aller d'abord à la rivière se laver ; à demi endormi, il répétait inconsciemment : « Il faut que je sois propre, que je sois propre ».

Et tout d'un coup, il se trouva, non plus sur du foin sous un hangar, mais au milieu d'une prairie, de l'autre côté de la route avec le ruisseau qui coulait devant lui, et toujours il répétait :

— Il faut que je sois propre, que je sois propre.

Il se coucha dans l'herbe, près du ruisseau,

et regarda dans l'eau claire, et il vit au fond les cailloux blancs, et les petites truites se sauvèrent, effrayées à la vue de sa figure noire. Il plongea sa main dans l'eau : il la trouva fraîche, si fraîche, et il se dit : « Je vais me faire poisson ; je vais nager dans l'eau ; il faut que je sois propre, que je sois propre ».

Il se déshabilla si vite qu'il déchira quelques-uns de ses habits, ce qui n'était point difficile, car il étaient vieux et déjà en loques. Il mit ses pauvres pieds meurtris dans l'eau, puis ses jambes, et plus il plongeait, mieux il entendait sonner les cloches de l'église.

— Il faut me presser, dit Tom, il faut que je me lave vite, car les cloches sonnent très fort maintenant, bientôt elles s'arrêteront, et alors on fermera la porte, et jamais je ne pourrai entrer.

Et pendant tout ce temps, il ne vit pas l'Irlandaise une seule fois, et pourtant elle ne se trouvait plus derrière lui, mais devant.

Car, au moment même où Tom arriva près de la rivière, elle s'avança vers l'eau fraîche et claire. Son châle et son jupon flottèrent loin d'elle, et des plantes d'eau traînantes flottèrent jusqu'à elle ; de blancs nénuphars flottèrent sur sa tête, les fées, du fond du ruisseau, montèrent et la portèrent dans leurs bras, car c'était la Reine de toutes les fées des eaux, et peut-être de bien d'autres encore.

— Où as-tu été ? lui demandèrent-elles.

— J'ai caressé les oreillers des malades, et je leur ai donné de doux rêves ; j'ai ouvert les croisées des chaumières pour laisser échapper le mauvais air ; j'ai entraîné les petits enfants loin

« Je vais me faire poisson ; je vais nager dans l'eau ; il faut que je sois propre, que je sois propre. » (p. 46).

des gouttières et des eaux stagnantes où habite
la fièvre ; j'ai détourné les femmes des auberges ;
j'ai retenu la main des hommes qui allaient
battre leurs femmes. J'ai fait tout ce que j'ai pu
pour ceux qui ne veulent rien faire pour eux-
mêmes. Je ne peux faire que peu de chose ; et ce
peu est pour moi un travail bien fatigant. Mais
je vous ai amené un petit frère ; j'ai veillé sur lui
jusqu'ici.

Naturellement, de tout ceci Tom n'entendit
ni ne vit rien, et peut-être même, s'il avait vu
quelque chose, cela n'aurait pas beaucoup changé
son histoire. Il avait si chaud et si soif, et il
désirait tellement être propre pour une fois, qu'il
se jeta aussi vite qu'il le put dans le ruisseau
clair et frais.

Et il n'y était pas depuis plus de deux minutes qu'il s'endormit de la façon la plus tranquille, la plus ensoleillée, la plus confortable
qu'il eût jamais connue de sa vie. Il rêva des
prairies vertes où il avait marché le matin
même ; des grands ormes, des vaches endormies,
puis il ne rêva plus de rien du tout...

Où est Tom ?

La bonne vieille s'en retourna à midi, après la classe, jeter un coup d'œil sur Tom, mais Tom n'était plus là. Elle chercha les traces de ses pas, mais la terre était si dure qu'elle n'y trouvait point de traces. Elle rentra un peu fâchée, croyant que Tom l'avait trompée, avait fait semblant d'être malade, puis s'était échappé.

Mais elle changea d'avis le lendemain. Car, lorsque sir John et tous les autres se furent bien essoufflés et eurent tout à fait perdu Tom, ils rentrèrent au château de nouveau, l'air bien penaud.

Ils eurent l'air bien plus penaud encore, lorsque sir John connut plus au long l'histoire de la nourrice, et ils eurent l'air encore plus penaud lorsqu'ils surent toute l'histoire de Mlle Ellie, la petite dame blanche. Tout ce qu'elle avait vu, c'était un pauvre petit ramoneur noir, pleurant et sanglotant, tout en essayant de monter de nouveau dans la cheminée. Evidemment, elle avait eu bien peur — ce n'était pas étonnant — mais voilà tout. Le gamin n'avait rien volé dans la pièce. Ils purent constater, par les traces de ses petits pieds couverts de suie, qu'il n'avait jamais quitté le tapis du foyer jusqu'à ce que la vieille bonne l'eût attrapé. Ce n'était qu'une méprise.

Alors, sir John dit à Grimes de s'en retourner

chez lui, et il lui promit cinq francs s'il voulait
ramener le petit tranquillement, sans le battre,
pour s'assurer de la vérité. Car pour sir John,
c'était chose certaine, et pour Grimes aussi, que
Tom était retourné chez lui.

Mais point de Tom chez M. Grimes ce soir-
là. Il s'en alla au poste de police pour leur dire
de guetter Tom, mais personne n'en entendit parler. Et personne ne songea qu'il eût traversé ces
immenses landes jusqu'à Vendale, pas plus que
l'on ne songea qu'il fût monté dans la lune.

M. Grimes revint à Harthover le lendemain,
l'air bien contrarié. A son arrivée, sir John était
parti, loin, loin, au delà des coteaux et Grimes
se trouva obligé de noyer ses chagrins dans de
la bière forte et ils furent bel et bien noyés avant
le retour de sir John.

Car le bon sir John avait mal dormi cette
nuit-là, et il dit à sa femme : « Ma chère aimée,
ce gamin a dû se diriger vers les landes et il s'y
est perdu. Il pèse lourd sur ma conscience, pauvre petit. Mais je sais ce que je vais faire. »

.*.

Sir John se leva à cinq heures, prit son tub,
s'habilla et alla aux écuries demander qu'on
préparât son poney de chasse. Il dit à son garde-
chasse de le suivre, également à cheval ; il emmena aussi ses trois dresseurs de chiens de
chasse et enfin son limier, énorme chien aussi
grand qu'un veau, couleur de gravier, les oreilles
et le museau couleur acajou et le gosier sonore
comme une cloche d'église. Ils l'emmenèrent à
l'endroit où Tom était entré dans le bois, là le

Grimes se trouva obligé de noyer ses chagrins dans de la
bière forte... (p. 50).

chien éleva sa puissante voix et leur raconta tout ce qu'il savait.

Puis il les emmena à l'endroit où Tom était passé par-dessus le mur : ils firent une brèche dans le mur et passèrent de l'autre côté.

Ensuite, ce chien sagace les conduisit à travers la lande et les marécages, pas à pas, lentement, car tu sais que la piste était vieille de 24 heures et à peine saisissable à cause de la chaleur et de la sécheresse. Voilà la raison, du reste, pour laquelle sir John partit à cinq heures du matin.

Enfin, arrivés en haut de la falaise de Lewthwaite, le chien s'arrêta et aboya, les regarda bien en face, comme pour dire : « Je vous dis qu'il est descendu par là. »

Ils purent à peine croire que Tom était allé aussi loin, et lorsqu'ils contemplèrent cette effrayante falaise ils ne purent croire qu'il eût osé l'affronter. Mais si le chien le disait, ce devait forcément être vrai.

— Que Dieu nous pardonne ! s'écria sir John. Si jamais nous le trouvons il sera mort, tout au fond. Et il frappa sa large cuisse de sa large main et dit :

— Qui voudra descendre cette falaise de Lewthwaite et voir si ce gamin vit encore ? Ah ! si j'étais seulement plus jeune de vingt années, je descendrais bien moi-même ! « C'est vrai qu'il l'aurait fait aussi bien que n'importe quel ramoneur du pays. Il ajouta :

— Vingt livres (500 francs) à celui qui me ramènera ce petit en vie !

Et selon son habitude, ce qu'il promettait, il avait l'intention de le tenir.

Or, parmi ceux qui l'accompagnaient, il y avait un certain groom — un minuscule petit groom — le même, en effet, qui était allé à cheval chez Tom pour l'avertir de venir au château, et il dit :

— Même sans vos vingt livres je descendrai la falaise de Lewthwaite rien qu'à cause de ce pauvre petit. Car c'est le petit ramoneur le plus poli qui soit jamais monté dans une cheminée.

Donc, il dégringola la falaise de Lewthwaite. C'était un petit groom bien astiqué en partant et un petit groom débraillé arrivé en bas : il déchira ses guêtres, il déchira sa jaquette, il cassa ses bretelles, il creva ses bottines, il perdit son chapeau. Et le pis de tout, il perdit son épingle de cravate qu'il avait gagnée dans une foire à Malton. Ce fut là une terrible perte pour lui, et pourtant il ne vit pas trace de Tom.

En attendant, sir John et les autres s'en allèrent à cheval à trois milles à leur droite, puis s'en retournèrent pour arriver dans le Vendale au pied de la falaise.

Lorsqu'ils furent arrivés à l'école de la vieille, tous les enfants sortirent pour les voir et la vieille sortit aussi. En apercevant sir John, elle lui fit une grande révérence car il était son propriétaire.

— Eh bien ! vieille, comment ça va ? dit sir John.

— Que le ciel vous envoie des bénédictions aussi larges que votre dos, Harthover, dit-elle, car elle ne l'appelait pas sir John, rien que Harthover, selon la coutume de ce pays du Nord. Soyez le bienvenu à Vendale. Mais ce n'est certes pas le renard que vous chassez à cette époque de l'année ?

— Je suis pourtant à la chasse et d'un étrange gibier. Je cherche un enfant perdu, un ramoneur qui s'est sauvé.

— Oh ! Harthover, Harthover, cria-t-elle, vous avez toujours été un homme plein de misericorde et vous ne ferez point de mal au petit si je vous donne de ses nouvelles.

— Non, non, pas de danger, la vieille. Je crains que nous l'ayons chassé de la maison par une malheureuse méprise, et le chien a suivi sa piste jusqu'au haut de la falaise de Lewthwaite.

Là-dessus la vieille se mit à pleurer, sans lui permettre d'achever son histoire.

— Alors, c'est la vérité qu'il m'a racontée, pauvre petite âme ! Ah ! la première idée est toujours la meilleure, et votre cœur vous montrera toujours le bon chemin si seulement vous l'écoutez ! Et elle raconta toute l'histoire à sir John.

— Amenez le chien et mettez-le sur la piste, dit sir John sans rien ajouter, et il serra les dents.

Le chien trouva tout de suite la piste, s'en alla derrière la chaumière, traversa la route, la prairie et un petit bois d'aunes. Là, au pied d'un aune, ils trouvèrent les habits de Tom, et ils surent tout ce qu'ils avaient besoin de savoir.

Et Tom ?

Ah ! nous touchons à l'endroit le plus merveilleux de cette histoire merveilleuse. Quand Tom se réveilla (car naturellement il se réveilla, les enfants se réveillent toujours quand ils ont dormi aussi longtemps que besoin en est), il se trouva nageant dans le ruisseau, ayant à peu près quatre pouces de longueur...

Les fées l'avaient transformé en bébé d'eau.

En bébé d'eau ? Tu n'as jamais entendu parler d'un bébé d'eau. Cela se peut. C'est même la raison pour laquelle on a écrit ce conte. Il y a bien des choses au monde dont tu n'as jamais entendu parler, et bien des choses encore dont personne n'a entendu parler, et bien plus encore dont personne n'entendra jamais parler...

— Mais ça n'existe pas, les bébés d'eau ?

— Comment le sais-tu ? Y es-tu jamais allé voir ? Et si tu y étais allé, et si tu n'avais rien trouvé, cela ne prouverait pas qu'il n'y en a pas. Si un monsieur ne trouve pas un renard dans uu certain bois, cela ne prouve pas qu'il n'y a pas de renards...

— Mais, sûrement, s'il y avait des bébés d'eau quelqu'un en aurait attrapé un au moins ?

— Eh bien ! Comment sais-tu que personne n'en a jamais attrapé ?

— Il l'aurait mis dans de l'alcool, ou peut-être

il l'aurait coupé en deux, et aurait envoyé une moitié au professeur Huxley et l'autre au professeur Owen, pour savoir ce que chacun en dirait.

— Ah! mon cher petit bonhomme! cela ne s'ensuit pas du tout, comme tu le verras avant la fin de l'histoire.

— Mais un bébé d'eau est contraire à la nature!

— Ah! mon cher petit bonhomme, il faudra qu'en vieillissant tu apprennes à parler de ces choses bien autrement. Il ne faut pas dire « cela n'existe pas » ou « cela ne peut exister » en parlant de ce grand monde merveilleux qui t'entoure, dont le plus grand savant ne connaît qu'un tout petit coin, et ressemble, comme le disait le grand Sir Isaac Newton, à un enfant qui ramasse des cailloux sur les rives d'un océan sans bornes.

Il ne faut jamais dire : « ceci ne se peut pas », ou « cela est contraire à la nature ». Tu ne sais pas ce que c'est que la nature, ni ce dont elle est capable, et personne ne le sait, pas même Sir Roderick Murchison, ou le professeur Owen, ou le professeur Huxley, ou M. Darwin, ni aucun de ces grands hommes qui s'imposent au respect des petits garçons. Ce sont de très grands savants, et il faut toujours écouter avec déférence tout ce qu'ils disent ; mais si jamais ils disaient, et je suis sûr qu'ils s'en garderaient bien : « Cela ne peut pas exister : c'est contraire à la nature », il te faudrait attendre un peu, et voir, car peut-être, ces gens-là eux-mêmes auraient-ils tort. Ce ne sont que les enfants qui lisent les arguments de Tante Agitetout, ou les Conversations de Tonton Bourrelenfant, ou bien les gamins qui vont à des conférences populaires où ils voient un monsieur montrant du doigt une vilaine table dont les flacons dégagent d'horribles odeurs, qui appelle tout cela « l'anatomie » ou la « chimie » ; ce ne sont que ces enfants-là qui disent : « cela ne peut pas exister, c'est contraire à la nature ». Les savants ont peur de dire que quelque chose est contraire à la nature, sauf ce qui est contraire à la vérité mathématique ; car deux plus deux ne peuvent pas faire cinq, et deux lignes paralèlles ne peuvent pas se joindre, et une partie ne peut pas être aussi grande que le tout, et ainsi de suite (du moins il semble qu'il en soit ainsi jusqu'à présent). Mais plus on est savant, moins on ose dire : « Cela ne se peut pas ». Ce sont des mots bien téméraires, bien dangereux que « ne se peut pas », et si on s'en sert trop souvent, la Reine de toutes les fées, celle qui fait tourner les nuages et mordre les puces (en se donnant autant de peine pour un choix que pour l'autre) vous étonne tout d'un coup en vous montrant que quoiqu'on ne le puisse pas, elle peut et, ce qui est plus fort, qu'elle *a l'intention* de le faire, qu'on l'approuve ou non.

Et voilà pourquoi il y a des douzaines, des centaines de phénomènes dans le monde que nous dirions contraires à la nature, si nous ne les voyions se produire toute la journée sous nos yeux. Si on n'avait jamais vu de petites graines devenir de grandes plantes, voire même des arbres, ayant une forme toute différente des graines, et puis des arbres produire à leur tour de nouvelles graines qui deviendront de nouveaux arbres, on aurait dit : « Cette chose ne se peut pas, elle est contraire à la nature ». Et on

aurait eu tout autant de raisons de le dire que
de dire que bien d'autres choses ne se peuvent
pas.

Ou bien, supposons que, tu sois revenu de
voyages en pays inconnus, et supposons que
personne au monde n'eût jamais vu un éléphant et n'eût jamais entendu parler d'un animal
pareil. Et supposons que tu le décrives aux
gens et que tu leur dises : « Voici la forme, la
structure, l'anatomie de la bête, de ses pattes, de
sa trompe, de ses dents, de ses défenses (qui ne
sont pas du tout des défenses, mais deux dents
de devant devenues enragées), et si tu disais :
« voici une section de son crâne, qui ressemble
plus à un champignon qu'au crâne raisonnable
d'un animal raisonnable ou déraisonnable » ; et
si tu ajoutais : « quoique cet animal (que j'ai vu
et tué, je vous l'assure) soit sien cousin du petit
lapin de garenne, cousin germain du cochon, et
(je le soupçonne fort) cousin au treizième ou
quatorzième degré du lapin domestique, il est
néanmoins le plus intelligent des animaux, et il
sait tout faire, sauf lire, écrire et tenir des
comptes ». Les gens t'auraient sûrement répondu :
« Balivernes ! votre éléphant est contraire à la
nature » ; et ils auraient cru que tu racontais des
histoires. C'est ce que les Français pensèrent de
Le Vaillant quand il rentra à Paris en disant
qu'il avait tué une girafe. C'est ce que pensa le
roi des Cannibales du matelot anglais qui lui
raconta que dans son pays l'eau devient du mar-
bre et que la pluie tombe en plumes.

Encore il y a à peu près vingt-cinq ans (1), les

____

(1) Écrit en 1863.

savants croyaient qu'un dragon volant était un monstre impossible. Et pourtant ne savons-nous pas maintenant que l'on en trouve des centaines à l'état de fossiles en divers points du globe ? On les appelle des Ptérodactyles. Sans doute parce qu'on n'ose pas les appeler des dragons volants.

Le fait est que l'idée que de pareilles choses ne peuvent pas exister, simplement parce qu'on ne les a pas vues, ne vaut pas plus cher que cette idée d'un sauvage qu'une locomotive ne peut pas exister, parce qu'il n'en a jamais vu se promener seule dans la forêt. Les savants ont conscience que leur devoir est d'examiner ce qui existe déjà, non point de déterminer ce qui n'existe pas. Ils savent qu'il y a des éléphants ; ils savent qu'il y a des dragons volants, et plus ils sont savants, moins ils oseront dire positivement qu'il n'y a point de bébés d'eau.

Point de bébés d'eau, ma foi ! Les sages des temps jadis disaient que tout ce qui existe sur la terre a son double dans l'eau, — et tu verras que si cela n'est pas tout à fait vrai, c'est au moins aussi vrai que la plupart des théories que tu entendras soutenir probablement d'ici bien des années. Il y a des bébés de terre, — alors pourquoi n'y aurait-il pas des bébés d'eau ? N'y a-t-il points des rats d'eau, des mouches d'eau, des cri-cris d'eau, des crabes d'eau, des tortues d'eau, des salamandres d'eau, des tigres d'eau, des cochons d'eau. des chats d'eau, des chiens d'eau, des lions de mer, des ours de mer, des chevaux de mer, des éléphants de mer, des souris de mer, des oursins (de mer), des anguilles de mer ; et parmi les plantes, n'y a-t-il pas des renoncules d'eau, des myriophyles (d'eau) et ainsi de suite, infiniment ?

— Mais ce ne sont là que des noms : ces habitants des eaux n'ont pas de parenté avec ceux de la terre...

— Cela n'est pas toujours vrai. Dans des milliers de cas, ils ne sont pas seulement de la même famille, mais ce sont bien les mêmes êtres. Ne sais-tu pas que des libellules et d'autres insectes semblables restent sous les eaux jusqu'à ce qu'ils changent de peau, comme le fit Tom ? Et si un animal d'eau peut devenir très souvent un animal de terre, pourquoi, de temps en temps, un animal de terre ne deviendrait-il un animal d'eau ?...

Suis-je sérieux ? Mon Dieu, non ! Ne sais-tu pas que ceci est un conte de fée pour s'amuser, « pour faire semblant », et ne sais-tu pas qu'il n'en faut pas croire un mot, alors même qu'il serait vrai.

Toujours est-il que c'est ce qui arriva à Tom, et c'est pour cela que sir John, le groom et le garde-champêtre se trompèrent tout à fait et furent très malheureux (sir John du moins), sans raison, quand ils trouvèrent quelque chose de noir au fond de l'eau ; ils se dirent que c'était le corps de Tom, et que Tom s'était noyé. Ils se trompèrent tout à fait. Tom vivait toujours, plus propre et plus gai qu'il ne l'avait jamais été. Les fées l'avaient lavé, vois-tu, dans la rapide rivière, elles l'avaient si bien lavé que non seulement sa saleté mais toute son enveloppe, toute sa coquille avaient été enlevées, et le vrai petit Tom, tout mignon, qui en sortit, s'en alla en nageant.

Mais le brave sir John ne comprit point ceci,

et il se laissa obséder par l'idée que Tom s'était
noyé. Quand ils fouillèrent les poches vides de
sa coquille, ils n'y trouvèrent point de bijoux,
point d'argent, rien que trois billes et un bouton
de métal attaché à une ficelle. Et alors sir John
laissa tomber quelque chose qui ressemblait bien
à des larmes, et se blâma plus amèrement que
de raison. Il pleura, et son groom pleura, la
petite fille pleura, la laitière pleura, la vieille
bonne pleura (car c'était sa faute en quelque
sorte), madame pleura (parce qu'il y a des gens
qui portent perruque, ce n'est pas une raison pour
croire qu'ils n'ont pas de cœur), le garde-chasse
ne pleura point, car il était devenu tellement sec
à force de chasser les braconniers qu'on aurait
pu aussi bien tirer du lait d'un morceau de cuir
que des larmes de ses yeux, et Grimes ne pleura
pas, parce que sir John lui fit cadeau de dix
livres et il les but en huit jours. Sir John fit des
recherches au près et au loin, pour trouver le
père et la mère de Tom... L'un était mort et l'autre au bagne. La petite fille, pendant toute une
semaine, ne voulut point jouer avec sa poupée et
jamais elle n'oublia le pauvre petit Tom. Bientôt
Madame fit mettre une jolie pierre tombale sur la
coquille de Tom dans le petit cimetière de Vendale, et la vieille y mit des couronnes tous les
dimanches, jusqu'au moment où elle devint trop
vieille pour pouvoir sortir, et alors les petits
enfants l'ornèrent pour elle. Et elle chantait toujours une vieille chanson, tout en filant ce
qu'elle appelait sa robe de noces. Les enfants ne
pouvaient pas comprendre sa chanson, mais ils
ne l'en aimaient pas moins car elle était très

douce et très triste, et c'était tout ce qu'ils demandaient.

Cependant Tom nageait dans l'eau, avec un joli collier d'ouïes autour de son cou, aussi gai qu'une anguille, aussi propre qu'un saumon.

Et maintenant, si tu n'aimes pas mon histoire, va-t-en en classe apprendre ta table de multiplication, voir si tu aimes mieux cela. Il y a des gens qui aimeraient mieux cela évidemment... Il faut des hommes de toutes sortes pour faire le monde, dit-on.

www.ingramcontent.com/pod-product-compliance
Lightning Source LLC
LaVergne TN
LVHW011450180726
843503LV00007BA/2963

O douce vengeance

morose comme moi! Nous cheminions tous les deux,
Aurélie et moi, en avant de la colonne, sur les routes
d'Italie, terre natale de l'Amour et des Arts, mes divi-
nités. Le matin, enveloppés dans le dolman, nous
galopions aux douces lueurs de l'aube naissante, la
chanson aux lèvres; quelques poules sabrées au
passage fournissaient au déjeuner de notre escouade.
A l'étape, nous logions chez l'habitant, tant bien que
mal, toujours ensemble, au bivouac comme à la ma-
raude. Notre capitaine, qui nous appelait Castor et

Consolations.

Pollux, n'aurait pas voulu sépa-
rer les deux amis, les deux
blancs-becs qui ne juraient pas,
qui ne fumaient pas — Aurélie
avait pourtant essayé — mais
qui semblaient deux francs lurons
de hussards. Aurélie, pour se
déguiser davantage, pinçait le
menton des jolies filles, tandis
que moi, la fidélité même, je
baissais les yeux par scrupule
devant nos jolies hôtesses.

Nous reçûmes le baptême du
feu à Rivoli! Je dois l'avouer,
je pâlis un peu quand on nous plaça en ligne,
sur le flanc d'une colline, devant les positions
d'Alvinzi, et je tremblai, non pour moi, mais pour
Aurélie. Ventrebleu! Aurélie, qui s'en aperçut, me
regarda en riant. Campée d'aplomb sur la selle, le
poing sur la cuisse, le plumet audacieusement penché
en avant, l'œil clair, les narines dilatées, elle semblait d'avance respirer la poudre. Quel superbe
hussard! Je me souvins alors que j'étais un disciple
d'Apelle et de David, je regrettai de n'avoir pas
mes crayons pour tracer l'esquisse de ma Brada-
mante. Il fallut une bonne douzaine de coups de

canon pour me tirer de ma contemplation. Aurélie se
redressait encore sous le canon et faisait piaffer son
cheval. Puis la fusillade éclata autour de nous, à
côté de nous, et la fumée nous enveloppa. — « Garde
à vous, hussards ! Chargez ! » Et soudain nous nous
élançâmes, chargeant en fourrageurs sur des lignes
d'habits blancs confusément aperçues. A partir de ce

Consolations. — La dame du cabinet de lecture.

moment, je ne me rappelle plus rien de net. Aurélie
et moi nous tenions ensemble : je la vois bouscu-
lant à côté de moi les tirailleurs autrichiens, puis
dans un engagement de cavalerie, échangeant des
coups de sabre avec de lourds dragons, sabrant, vol-
tigeant, sabrant, tournoyant, et tous, amis et ennemis,
emportés dans un vertigineux tourbillon. Comment
nous sortîmes de la bagarre, rouges, haletants,
éreintés, mais saufs, je ne puis le deviner : bien

d'autres de nos camarades, hélas ! ne s'en étaient pas tirés au complet ! Un souvenir aux braves malchanceux !

Aurélie et moi nous nous embrassâmes à cheval et nous donnâmes ensuite l'accolade à nos gourdes. Puis la bousculade recommença, infanterie ou cavalerie, tirailleurs, dragons ou hulans, je ne distinguais plus. A un moment donné, Aurélie et moi, lancés bien en avant de notre escadron, nous nous trouvâmes au milieu d'une batterie ennemie qui déménageait d'un endroit trop chaud. Je sabrais, elle sabrait ; je coupai les traits d'un attelage, mais mon cheval s'abattit avec quelques balles de mousqueton dans le corps. Pif! paf! Alors je sautai sur une pièce. Aurélie fit cabrer son cheval, exécutant un moulinet superbe pour un poignet féminin. Notre escadron arriva comme une trombe et nous dégagea.

Nous étions vainqueurs, nous avions notre canon bien à nous ; Aurélie voulait l'emporter, on se contenta de le tourner contre l'ennemi. Le soir, Aurélie et moi nous étions sous-lieutenants.

La Muscadine.

Deux mois plus tard, après avoir fait toute la campagne et assisté à sept ou huit combats, escalades de villes ou passages de rivières, j'étais capitaine..... et Aurélie, distinguée par le général de notre division, — ô ma plume, n'écris pas le nom du traître — entra dans l'état-major.

Nous nous séparâmes le 2 avril (vieux style) à Brixen dans le Tyrol : je restais aux hussards, elle rejoignait son général, et je ne la revis plus, jamais, jamais! Aurélie! coupable et divine Aurélie, il ne

m'est resté de ton amour que la douleur de ta perte
et quelques précieux mais légers souvenirs: une
mèche de tes cadenettes blondes coupée le jour de
Rivoli, ton portrait esquissé par moi en silhouette à

La nièce blonde.

la lueur des feux de bivouac, mon portrait dessiné
par toi le même jour, et enfin une autre image de
toi, témoignage d'admiration de notre brave fourrier.
As-tu conservé mon portrait exécuté par sa plume
avec les mêmes paraphes?

Fou de colère, après trois semaines de séparation,
les préliminaires de Léoben venant d'être signés,

La nièce brune.

je courus la chercher au quartier général. Plus d'Aurélie! Le général cachait bien le fringant aide de camp qu'il m'avait volé. Il feignit de ne rien comprendre à mes réclamations, et me fit immédiatement monter à cheval avec une mission pour Paris. Dévorant ma fureur, je partis. A Paris, bien reçu, fêté partout, je m'efforçai d'oublier Aurélie, mais je n'oubliai point ma vengeance. La femme du ravisseur d'Aurélie, la citoyenne générale F..., était une des merveilleuses à la mode. Des salons du Directoire aux jardins adoptés par le beau monde, elle promenait sa splendide beauté, son profil de déesse grecque et ses toilettes athéniennes.

Je la rencontrai plusieurs fois pour l'éblouissement de mes yeux. Comme une statue vivante, elle s'avançait vêtue d'une tunique de nymphe ou plutôt d'une longue chemise de mousseline transparente, un nuage de linon, une simple nuée diaphane qui l'enveloppait mollement sans la cacher à l'œil amoureux et indiscret, et qui prenait des tons roses en plaquant sur des formes idéales. Les plis flottants de cette chemise, retenue sous le sein par une ceinture d'or soutenant les lignes ondulées et délicieuses de la gorge et des épaules, s'entr'ouvraient à mi-cuisse et laissaient apercevoir les rondeurs des jambes enveloppées d'une culotte collante de soie couleur chair et des anneaux d'or, trois par trois reliés par des camées, au-dessus du genou et à la cheville par-dessus les cothurnes rouges.

En tout, en comptant avec la légère tunique les bijoux, anneaux, bagues et camées, la merveilleuse portait juste une livre de vêtements. A la suite d'un pari de muscadins, elle s'était dégagée de son nuage de gaze dans un petit salon, et l'on avait pesé nuage et bijoux. Seul le costume de Vénus pouvait peser moins.

Le ravisseur d'Aurélie m'avait confié un message pour le gouvernement : je m'introduisis un soir chez la générale sous prétexte de mission particulière ; je bousculai les officieux, j'embrassai les filles de chambre et tombai comme une bombe dans la pièce où la merveilleuse reposait ses grâces.

Jolie chambre dans le goût antique un peu sévère. La générale, à la faible lueur d'une lampe mourante, reposait dans un lit en forme de galère grecque ou romaine, orné de cygnes et de dauphins. Elle bondit à mon entrée en bouleversant les oreillers de sa galère. J'étais à ses genoux déjà, et je lui expliquais l'odieuse trahison du général son mari. Son effroi n'avait pas duré, ses yeux se reposaient sur moi avec une affectueuse compassion ; ils ne savaient exprimer que la tendresse, ces yeux de merveilleuse, je réussis à faire briller dans leur azur la flamme de la vengeance.

— Vengeons-nous ! soupira-t-elle.

Ces jours du Directoire furent les plus beaux de ma vie. Je restai à Paris. Dégoûté de la gloire et de la vie des camps, que je ne me sentais pas capable de supporter sans Aurélie, je donnai ma démission et résolus de vouer ma vie au culte des Beaux-Arts. J'étais maître de mon petit patrimoine, mon oncle l'homme de robe ayant compris que mes exploits m'avaient rendu majeur.

O doux temps ! Pendant quelques semaines, des Champs-Elysées à Tivoli, je suivis partout la générale, portant sa balantine, l'espèce de sabretache qui

lui tenait lieu de poche. Mais j'aimais toujours Aurélie, c'était Aurélie que je voyais dans l'Athénienne
aux pieds de qui je mettais mon cœur. Cette hallu-
cination dura des mois et des mois; ô puissance
de l'amour vrai! La jeune dame du cabinet de lecture de la rue Saint-Honoré avec qui je lisais *Valérie
ou les Transports de la passion contrariée*, c'était
encore Aurélie; dans la muscadine aux cheveux à
la Titus que j'aimai durant quinze jours ou six mois
peut-être, je voyais Aurélie, toujours Aurélie. A
Frascati, au bal Richelieu si élégant, au concert de
chats du bal de la Veillée, à Tivoli, au Ranelagh
ou sur les boulevards, je ne voyais que des Aurélies.
Fidèle quand même! Je croyais serrer Aurélie dans
mes bras le jour où j'enlevai la charmante nièce
blonde d'une femme qui tenait une des maisons de jeu
du Palais-Royal. Quelque temps après, la nièce blonde
était remplacée par une nièce brune toujours aussi
jolie, je l'aimai encore avec la même illusion. De
même, les serments qu'avec la plus entière bonne
foi je prodiguais aux genoux de la plus séduisante des
petites modistes, de la perle des modistes passées,

J'appris à chiffonner.

présentes et futures, ces
serments d'amour éter-
nel, ils s'adressaient à
l'unique Aurélie. J'appris
à chiffonner galamment
les rubans et les plumes,
un joli talent qui me
servit beaucoup dans la
suite. Mais hélas, je n'eus
jamais l'occasion de m'en
servir pour Aurélie, plus
jamais je ne déroulai ses
tresses blondes!

De ma hussarde, aucune nouvelle. Malgré mes recherches, rien! Plus tard, je lus dans les bulletins de l'Empire, le nom de Vertefeuille. Le général Aurélien Vertefeuille,

Ma première modiste.

comte de l'Empire, qui à la tête de ses hussards enfonça les carrés russes à Borodino, était-il mon Aurélie Vertefeuille tant aimée et tant pleurée? Son portrait inséré dans *Victoires et Conquêtes*, ne me rappelait guère la belle hussarde aux cadenettes blondes de l'an V.

II

Orages et tempêtes

Pourquoi et comment je me suis marié, je n'en sais vraiment plus rien. Et pourtant le vieux garçon a été marié, très peu de temps il est vrai, mais enfin il l'a été, en bon et légitime mariage. Comment s'appelait ma femme ? ma mémoire s'en irait-elle déjà ? J'ai oublié ses traits, car avec le temps les figures même les plus chères s'estompent légèrement dans la brume des années lointaines, mais un nom se fixe plus facilement dans la mémoire... Par bonheur, j'ai toujours été soigneux et je retrouve dans mes papiers une lettre de faire part de son second, ou plutôt de son troisième mariage, qui me donne ce nom oublié.

Lucile Colin, ou la citoyenne Colinette, comme on l'appelait dans un petit cercle d'amis — voilà que tout me revient — était, avant de devenir ma femme, celle d'un gros fournisseur des armées de la République, un citoyen voleur très à son aise, mais laid, mais bête, mais grossier comme un simple petit chauffeur de grande route qu'il avait peut-être été.

Vers la fin de l'an VII, je ne sais plus exactement la date, je l'arrachai des griffes de ce vil agioteur.

Colinette.

Ce fut encore un enlèvement. Le mari put nous voir de sa fenêtre monter dans un cabriolet préparé à l'avance et gagner la grande route. Ce qui me plaisait dans l'aventure, c'est qu'il me semblait recommencer mon délicieux voyage avec Aurélie. Ma femme était vraiment charmante; sans pouvoir me rappeler bien au juste ses traits, ni son genre de beauté, ni la couleur de ses cheveux, qu'elle avait très longs et très doux, il me semble, — sans pouvoir préciser aujourd'hui par quelles qualités de l'esprit, par quels dons du cœur elle se distinguait des autres

femmes, je puis dire en gros qu'elle était charmante.
Oui, certes, elle avait tout ce qu'il faut pour embellir l'existence d'un honnête homme et aussi pour causer à cet honnête homme une assez notable quantité d'ennuis. Mais je n'en étais pas encore là. — Je l'avais aperçue dans son élégante voiture sur la route du bois de Boulogne, je l'avais admirée au théâtre et je l'avais aimée tout de suite. Un vrai coup de foudre. Le temps de le lui dire, de lui jurer une flamme éternelle, d'éveiller soudain en son cœur les mêmes sentiments, de nous entendre pour le projet de fuite et l'événement fut consommé. Elle était dans mes bras, la blonde adorée, — ou la rousse, car je crois maintenant me rappeler qu'elle était de la chaude couleur des belles Vénitiennes.

Pendant que nous allions cacher notre bonheur dans une petite maison champêtre près de Fontaine-

Colinette dans sa voiture.

Eloa.

bleau, le procureur de Lucile agissait et faisait rapidement prononcer son divorce. Un décadi, jour con-
sacré aux mariages, je la conduisis au Temple de
l'Hymen pour l'épouser selon les lois de la Nature et

de la morale, au son des harpes et des violes. Je
n'avais guère qu'une quinzaine de personnes à mes
noces, mais le repas nuptial assez bien ordonné, au
Bœuf à la Mode, au Palais-Royal, me coûta 90,000
livres plus 4,800 livres de pourboires — en assignats.

Trop de lyres !

Détail que je me rappelle, l'agioteur, mon prédéces-
seur, avait restitué la dot de ma femme en assignats,
en réalisant au cours du jour un superbe bénéfice,
tandis que plus tard la même opération ne s'exécuta
pour moi qu'à perte, tant à cause de ma grandeur

d'âme que par la faute de mon inexpérience en affaires.

D'abord Lucile ne parut pas regretter dans le modeste asile de l'amour, les lambris dorés, l'hôtel somptueux, la profusion de richesses des appartements, la recherche de la table de son premier mari le voleur. Ma flamme lui suffisait. Je me plaisais

dans l'intimité à la nommer Aurélie, pour entretenir encore une sorte de vague et douce illusion. Pouvait-elle se plaindre? je l'aimais double, puisqu'elle représentait à la fois ma Lucile et mon Aurélie!

Hélas! cela ne dura pas. Le luxe au sein duquel elle avait vécu précédemment lui manqua sans doute; simple artiste amateur, je ne pouvais lui donner un hôtel, des chevaux, des meubles à l'étrusque ou à la romaine. Elle prit prétexte de ce nom d'Aurélie que

Première Colonelle.

je lui donnais dans les moments d'effusion intime,
pour me chercher querelle; elle feignit de ne pas

Deuxième Colonelle.

comprendre la délicatesse qui me faisait rejeter ses
noms de Lucile et de Colinette profanés par son premier mari. De sorte qu'après six mois d'une union
à peine troublée par ces quelques légers nuages,

nous divorcions à notre tour. On allait vite en ces temps de vie intense et fougueuse : je m'étais marié, j'avais divorcé et l'horloge du temps venait à peine de sonner la première heure de mes vingt ans !

Lucile avait conservé des relations dans le monde de l'agio et des affaires, elle m'annonça peu après qu'elle convolait en troisièmes noces avec le fils d'un riche négociant

Malvina.

de la Chaussée d'Antin, ex-croupier du 113, ex-agioteur du Perron, ex-prêteur sur gages, ex-tripoteur en denrées coloniales, un ami et un émule du premier mari. Ce fut, je crois, le premier mari qui fit le mariage pour se venger de moi. Il était à la noce, témoin de la mariée peut-être. Lucile m'invita aussi, espérant sans doute que je ferais le second, mais je refusai.

D'ailleurs, j'avais bien d'autres tourments : Malvina, une des plus célèbres beautés du Directoire, Malvina qui m'avait consolé des chagrins de mon divorce, me trompait indignement, je venais de le découvrir ! Oublié par Aurélie, abandonné par ma femme légitime, trahi par la maîtresse consolatrice à qui j'avais remis le soin de panser les blessures de ma pauvre âme endolorie, mon malheur était complet !

O Malvina ! tout était mensonge en vous, la langueur de vos yeux quand je plongeais mon regard dans leurs insondables profondeurs, le sourire de vos lèvres appelant le baiser, les marques de votre tendresse, vos protestations quand mes soupçons furent éveillés, tout était mensonge !

Je connus les larmes. Je pleurai à la fois Malvina, Lucile, Aurélie et moi-même. Né en des temps malheureux et troublés, je me sentais, à l'image de mon siècle, malheureux et troublé au plus profond de mon être. Mon âme bouleversée par mille orages connaissait les amertumes des discordes civiles et les révolutions intérieures. Mon cœur ravagé par

tous les désespoirs, me semblait à tout jamais flétri et désenchanté, je crus voir s'entr'ouvrir les portes du tombeau et, loin d'en gémir, je me réjouis à l'espoir de voir enfin terminer mes maux !

Sombre crise !

Je ne mourus pas. Après quelques mois de tortures morales, mon âme fortement trempée retrouva son ressort. L'Europe brûlait. Devais-je me lancer, moi aussi, dans le grand tourbillonnement d'armées, d'hommes, de chevaux et de canons qui emportait toute la génération ? Ancien officier de hussards, mis à l'ordre du jour pour faits d'armes, je pouvais reprendre du service. J'y songeai un instant. Mais je réfléchis, c'était pour Aurélie que je m'étais distingué, c'était pour la protéger que je m'étais jeté sur les canons autrichiens. Sans elle, la gloire ne me tentait plus.

Je restai dans la vie civile. Il me parut que là était ma vraie voie. Qu'étais-je? Un ami des Arts, un admirateur de la Beauté, cette manifestation éclatante des goûts artistiques du Créateur! La beauté était ma religion, la femme ma raison d'être. A d'autres les brutales et inhumaines jouissances de la bataille, les émotions du sabre, les glorieux mais féroces hauts faits du canon. Je dédaignais les joies de la victoire, les panaches et les fumées de la gloire. Des milliers et des milliers de tendres femmes délaissées pour la farouche Bellone gémissaient, pendant que, loin d'elles, fiancés, amants et maris s'entr'égorgeaient sans rime ni raison. A elles, les pauvres abandonnées, mon cœur et mes soins! Consolé de mes chagrins, rétabli dans toute mon ancienne santé morale, je voulus consoler à mon tour!

Vague souvenir.

Ces fleurs desséchées que je retrouve aujourd'hui précieusement conservées à côté de l'image de celle qui me les donna, esquissée par moi avec tout le talent dont j'étais capable, avec toute la sûreté de main que pouvaient me laisser les battements de mon cœur ému; cet autre portrait, miniature naïve de quelque peintre de province, me rappellent deux colonelles dont les belles années se consumaient dans les mélancolies de la solitude, pendant que messieurs leurs maris, casque en tête et moustache en croc, calvacadaient au loin parmi les douceurs de la mitraille et des biscayens.

J'obtins de la sentimentale colonelle T..., pour avoir amoureusement retracé ses traits, la douce récompense que je convoitais, elle m'aima, me le dit, me le prouva. Ces fleurs, sans parfum aujourd'hui, elle les a respirées jadis avant de me les envoyer dans un de ces billets charmants et nombreux que saccagea et brûla plus tard, hélas ! dans un accès de jalousie furieuse, une autre belle bien aimée, la seconde colonelle, la sémillante et vive L. de B..., qui n'entendait pas raillerie sur le chapitre de la fidélité..... des autres.

Que de scènes ! que d'accès de fureur ! et que de réconciliations ! Cette colonelle était terrible, elle me menait trop militairement. Encore un peu, et elle eût établi à côté de son boudoir une salle de police ! Aussi un beau jour, fatigué de la trop rigoureuse discipline qu'elle m'imposait, je songeai à permuter. Comme je ne recherchais pas l'avancement, je portai mon cœur aux pieds d'une commandante.

Le caractère d'Éloa contrastait absolument avec

Vague souvenir.

celui de la jalouse colonelle. Éloa était aussi douce et aussi rêveuse que celle qui me retenait précédemment dans les fers était impétueuse et absolue. Je la vois encore dans son appartement de la rue de la Victoire, entièrement décoré dans le style antique et digne d'être habité par des personnages de David ou de Girodet-Trioson. Sur les murailles tendues d'étoffes à palmettes étrusques, se détachaient des meubles aux lignes raides, ornés de colonnes et de frontons comme des temples, et plaqués d'attributs guerriers. La cheminée du salon était égyptienne par les momies qui la soutenaient; un char antique conduit par un guerrier figurait la pendule. Partout des lyres, des sphinx, des hippogriffes, des trépieds, des lampadaires. Puis-je, tout bas, parler du lit? Il ressemblait à un véritable sarcophage antique ou, si l'on veut, à un autel. Un tableau tout fait pour un élève de M. David, avec Éloa en vestale dans ses voiles blancs.

Quand elle ne rêvait pas, Éloa qui était un peu musicienne, étudiait la lyre, plus pure de forme que la harpe. Lyre à part, quel aimable caractère! Pendant quelque temps sa douceur me reposa délicieusement des tempêtes précédentes. C'était le calme après l'orage. Mais la trop grande pureté de style des meubles avait ses inconvénients, à tout instant on se heurtait à un angle trop aigu, on se déchirait aux têtes de lions des fauteuils, aux griffes des sphinx. Ces incommodités finirent par me crisper, je pris l'école de David en haine et mon Éloa en grippe.

Il y a ici quelques lacunes dans mes souvenirs; en cherchant bien, j'entrevois quelques belles un peu vagues, des formes confuses revêtues de robes longues à taille sous le bras, des spencers, des schalls drapés en écharpes, des turbans surmontés d'aigrettes, mais je ne puis mettre aucun nom sur

ces formes gracieuses, avant d'en arriver à Églé.
L'une de ces belles aux noms oubliés dansait admi-
rablement et je me souviens que je dus mon succès
à la grâce que je déployais avec elle dans la gavotte
et dans la valse, nouvellement apportée d'Allemagne.

Modes étranges que celles de cette époque. Ce n'é-
taient plus les étonnants costumes du Directoire qui,
sous prétexte de retourner à l'antiquité grecque, re-
montaient trop loin et se rapprochaient beaucoup
des modes du Paradis Terrestre, mais les femmes
étaient encore assez légèrement habillées. Quand
vous les étudiez
dans les gravu-
res, jeunes gens,
ces toilettes vous
semblent ridicu-
les et cependant
elles ont, en leur
temps, paru le
dernier mot de la
grâce et de l'élé-
gance. Les modes
paraissent tou-
jours belles au
moment où on les
porte. Je vous
entends dire :
« Les modes d'au-
jourd'hui sont
adorables, jamais
les femmes ne se
sont habillées
comme mainte-
nant ! » Erreur !
ce ne sont pas les
modes, ce sont

La Gavotte.

les femmes qui sont adorables; plus tard, ces mêmes
robes que vous avez déclarées délicieuses vous sem-

Églé.

bleront grotesques quand les femmes ne seront plus
dedans!

Mais où en étais-je? je bavarde, je cause chiffons...

Aux Galeries de bois

comme au bon temps ! Ai-je parlé de la petite gri-
sette, ma voisine, que je voyais descendre tous les
matins, fraîche comme une fleur sous la rosée?

Chère enfant, elle aimait la gaîté, elle ne s'enfonçait pas dans de poétiques rêveries, elle ne pinçait pas de la lyre comme Éloa, mais comme elle riait facilement et de bon cœur ! Elle rit et fut désarmée. Elle était modiste, mais elle ne sortait pas de mon programme ; elle aussi avait un fiancé dans les armées impériales, que dis-je, elle en avait même plusieurs ! Maris ou fiancés, il en fallait de rechange alors, le glorieux empereur et roi en consommait tant dans ses carnages ! Quand le fiancé voltigeur était tombé sur un champ de bataille quelconque, c'était le tour du lancier rouge, puis du beau carabinier, puis du chasseur à cheval ou du pauvre petit fantassin !

Ai-je parlé de toutes celles qui tinrent garnison dans mon cœur pendant toute cette période militaire ? Ai-je conté tous les périls que je courus alors ? Oui, des périls, bien que je n'eusse figuré dans aucune des armées lancées au nord, au sud, à l'orient et à l'occident ! Le risque que je courais à cette époque c'était, à toute minute, d'être pris au collet et conduit à l'autel. Pauvres petites femmes, elles étaient si vite veuves. Au moment où l'on s'y attendait le moins, une lettre ministérielle vous annonçait que le brillant colonel ou que le brave commandant venait de trouver un trépas glorieux sur la terre étrangère.

Cela m'arriva presque avec Églé. O Églé, belle traîtresse ! Elle jouait de la mandoline et n'engendrait pas la mélancolie. Toujours aimable, toujours rieuse, toujours folâtre ! Je roucoulais à ses pieds des romances chevaleresques qu'elle accompagnait sur sa mandoline, je détaillais le beau Dunois, la romance si palpitante d'amour qui jetait l'émoi dans tous les cœurs alors. Mais il paraît que je n'étais pas le seul à lui chanter le beau Dunois ; quelques officiers des dépôts des garnisons, les seuls guerriers battant en ce moment de leurs éperons le sol de la patrie, réclamaient à la plus belle l'amour dû au plus vaillant.

Or, il advint qu'un jour — était-ce un jour ou une nuit ? — alors que l'on me croyait en voyage — comme un mari, — survenant à l'improviste — toujours comme un mari, — je surpris le beau Dunois

Surprise.

dans la chambre de mon Églé ! Dunois était capitaine de carabiniers, un colosse de six pieds avec la tête d'un Antinoüs à moustaches. La plus belle se traîna en vain à nos pieds, Dunois et moi nous étions furieux, nous allâmes sur le terrain et nous nous gratifiâmes chacun d'un joli coup de sabre. Ce coup de sabre me sauva d'un péril plus grave. Églé reçut le jour même du duel, la nouvelle qu'un boulet prussien lui avait ravi son époux. Sans le beau

Dunois, j'étais menacé du mariage! Églé m'aurait rappelé mes serments d'amour et sommé de serrer les doux nœuds de l'hyménée, de préférence au carabinier, j'en suis sûr! C'est que si les amants militaires possédaient plus de prestige, les maris civils, de tournure suffisante, considérés comme d'insignes raretés, faisaient prime.

C'était fini, Églé ne me charma jamais plus avec sa mandoline, nous ne chantâmes plus de duos ensemble. D'abord, j'avais à soigner mon coup de sabre. Je retrouve encore dans mes souvenirs quelques figures de femmes en robes Empire. Pas une ne valait Églé. Je les aimai, certes, je les aimai, mais ces amours n'eurent pas la profondeur, l'étendue, la puissance, ni même la durée des précédents. Mon cœur n'était pas vacant — il a toujours eu l'horreur du vide — mais il n'était pas empoigné militairement, occupé en maître absolu par quelque tyran en jupons.

A cette époque, je me mis à resonger beaucoup à Aurélie; je l'avais sinon oubliée, du moins un peu négligée en souvenir. Je m'intéressai vivement au général Aurélien de Vertefeuille, dont les exploits remplissaient alors les bulletins de la Grande Armée. J'interrogeai des officiers. Ce jeune général de cavalerie était un sage, il ne ravageait pas les cœurs, même les brûlantes Polonaises n'avaient pu avoir raison de sa froideur. Vertefeuille venait d'être fait général de division et comte de l'Empire pour sa belle conduite à Smolensk et à la Moskowa. Chère Aurélie! les mauvaises nouvelles de Russie me plongèrent dans les transes. Avait-elle échappé aux boulets et à l'hiver moscovites? N'était-elle pas restée là-bas, dans les neiges, pendant la longue retraite?

Hélas! Aurélie, ou le général Aurélien Vertefeuille, survécut à la Bérésina pour s'en aller tomber dans la grande hécatombe de Waterloo!

III

L'apaisement après les orages

Cette époque de ma vie qui n'était plus tout à fait l'extrême jeunesse, puisque j'avais 35 ans en 1815, mais qui était celle de la plénitude de toutes mes facultés physiques et morales, ce temps de la Restauration me paraît, quand je m'y reporte, joyeux et ensoleillé. A-t-il jamais plu en ce temps-là? Le soleil s'est-il quelquefois voilé de nuages? Je

Une poétique Anglaise.

ne me souviens pas. Je ne vois que fraîcheur, rayons de gaité, renouveau, illusions nouvelles ! Je devais avoir, et bien d'autres comme moi, un arc-en-ciel dans le cœur. C'était le calme après l'orage, la tranquillité après l'accès de fièvre chaude ! Jusqu'alors, partout le désordre et la tempête ! — Bourrasques politiques au dehors, bourrasques morales au dedans ! Aucun terrain solide. Les bases de la morale et celles de la société, déplacées par les secousses d'un tremblement de terre de 25 ans, se rétablissaient a

peine. Je fis un retour sur moi-même. L'existence que
j'avais menée était celle d'un fils du Directoire,
mais elle n'était guère édifiante. Dispensé des soucis
de la vie matérielle par mon petit patrimoine, je
n'avais connu que les soucis de l'amour. Toujours
l'amour, ses joies et ses peines! Et le mariage? Au
lieu de considérer le mariage comme le port vers

Au théâtre.

lequel je devais voguer, je l'avais regardé comme
une plage inhospitalière que je devais fuir, comme
un rocher aride sur lequel une épouse légitime et
anthropophage m'attendait pour me dévorer. Était-
ce la faute de mon premier mariage si rapidement
tranché par le divorce? Non, je l'avais tout à fait
oublié, j'étais si jeune alors... En un mot, la pensée
du mariage pour les autres me faisait rire et, pour
moi, elle me faisait frémir.

Tout à coup, changement complet. Je rougis de mes désordres, leur immoralité m'épouvante maintenant que je l'aperçois !.. La société après son bain de sang et d'immoralité, entreprend de se régénérer, je dois faire comme elle. Comment? Par l'expiation! Il n'en est qu'une, le mariage. Mais pour moi cette fois-ci, plus pour les autres. Je dois rentrer dans la vie régulière par la porte du mariage, ce sera peut-être le châtiment, mais peu importe, j'ai tout mérité, ma femme ne me punira jamais suffisamment.

Dès que j'eus définitivement pris mon parti, la joie et la tranquillité rentrèrent dans mon âme purifiée; je ressentais déjà toutes les douceurs du sacrifice. Je courus le monde à la recherche d'une épouse; pendant quelques années, car mes recherches n'aboutissaient pas vite, je fréquentai les salons bourgeois les plus ennuyeux. Sans doute le ciel considéra cela comme une expiation suffisante, car les négociations matrimoniales, maintes fois ouvertes, ne purent jamais, pour une raison ou une autre, être menées jusqu'à la conclusion fatale.

Naturellement, pendant le cours de ces négociations, morales mais quelquefois assez peu récréatives, je crus pouvoir me donner en dédommagement quelques distractions. J'ai le souvenir de quelques bonnes parties aux Montagnes Russes du faubourg du Roule, les mieux fréquentées. Les femmes adoraient ces glissades, peut-être parce qu'elles y éprouvaient toutes les sensations du vertige et de la peur. Les hommes pouvaient y déployer quelques grâces, il y avait aussi quelques envolées de jupons qui n'étaient pas sans gentillesse.

Les Galeries de bois du Palais-Royal brillaient alors de toute leur splendeur. Que de fois, au sortir de ces dîners bourgeois, d'une de ces réunions inélégantes de vieilles présidentes ou de bonnes grosses

Aux Montagnes Russes.

dames ridicules, où mes goûts artistiques avaient
été mis à une cruelle épreuve, me suis-je donné la
compensation d'une promenade aux Galeries de bois !

Élodie ? ou Ismérie ? ou Hortense ?

Promenade purement artistique cependant, je ré-
créais mes yeux simplement. Après les beautés
trop purement morales de la vertu bourgeoise, les
beautés plastiques du vice. Ce coin de Paris, avec
son défilé de prêtresses de Vénus en toilettes archi-

décolletées et ces sourires affriolants qui pleuvaient des fenêtres des entresols, avait une physionomie étrange et saisissante. Pour moi c'était un spectacle qui me rappelait mon Directoire : je regardais et je passais.

Elmire, Élodie, Emma! vous datez de ces jours ensoleillés. Si tous mes mariages manquèrent, ce fut un peu votre faute. Emma, la première en date, était une Anglaise fixée à Paris depuis la paix. Son mari n'était pas militaire, il n'était que banquier ou quelque chose comme cela ; n'importe! c'était un ennemi. Sur les champs de bataille de l'amour, je vengeai mon pays de ses défaites ailleurs. Ossian! Ossian! Bardes d'Écosse et d'Irlande, vous me fîtes bien souffrir alors. Emma adorait votre poésie brumeuse, c'était une ultra en ossianisme. Elle aimait les toques à longues plumes, les lacs d'émeraude, les brouillards, les rochers, le bœuf rôti et moi-même, le tout avec frénésie!

Mon pays vengé, Ossian me fatigua bien vite. Ô Elmire, avec vous c'était la France, la gaîté, les fleurs, le rayonnement, je rentrais dans la tradition française. Tout le monde rimant alors, je rimais aussi, mais pas dans le genre d'Ossian. Par une belle après-midi, alors que je la surpris seule à sa campagne, sous les ombrages de Passy, je dus mon succès à certaine romance improvisée un genou en terre aux pieds d'Elmire :

> Pudique lin qui voile ses appas,
> Tu te soulèves et trahis sa détresse !
> Elle soupire et bien fort son cœur bat...
> Ah ! seras-tu cruelle à ma tendresse ?
> Ses yeux mourants, d'un regard embrasés,
> Ont répondu, ô transport, ô délire !
> Je couvre de mille et mille baisers
> Les genoux de l'aimable Elmire !

Quand il s'en va, le troubadour fidèle,
Aux champs de Mars moissonner des succès,
Il emporte l'écharpe de sa belle,
Le souvenir charmant de ses attraits.
L'ennemi fuit le glaive du guerrier,
Son cri de guerre est le nom qu'il soupire.
Heureux vainqueur, il jette son laurier
Aux genoux de l'aimable Elmire !

Aux genoux de l'aimable Elmire.

Quant à Élodie, son amour fut l'occasion d'une aventure à la fois terrible et comique ; elle avait un mari, elle aussi, mais un mari désagréable et mal élevé. Cet homme la rendait malheureuse et légitimait toutes les représailles par son caractère hérissé et grincheux. Un soir qu'on le croyait absent, il eut l'indélicatesse de revenir en cachette et de s'embusquer dans une armoire comme un malfaiteur. Élodie était sans défiance, la pauvre âme, et elle me racontait ses malheurs. Tout à coup, patatras ! l'armoire s'ouvre avec fracas, renversant des chaises et des fauteuils, et le mari surgit, l'œil mauvais, les crins farouches, un pistolet dans chaque main.

J'ai été hussard, deux pistolets — ou trois en

Trois pistolets.

comptant le mari — ne sont pas pour me faire peur. Je veux m'élancer sur le personnage lorsque Élodie, folle de terreur, se jette dans mes bras et m'enlace d'une façon charmante, mais qui m'enlève toute possibilité de résistance. Les pistolets sont sur nos

fronts, je m'attends à périr avec Élodie, mais le mari
ne tire pas et nous fait des conditions. C'était un
guet-apens ! Le misérable me réclame trente mille
francs, je lui ris au nez, puis vingt-cinq mille... Ses
prétentions s'abaissent, il demande quinze mille en
une reconnaissance régulière sur papier timbré.

Pour en finir, je consens. D'une main, je soutiens
Élodie évanouie, et de l'autre je libelle la reconnaissance.

Le drame finit en comédie, le mari fit des excuses,
prit son chapeau et s'en alla. A l'échéance, furieux
d'être ainsi joué, et pris de soupçons sur Élodie,
je refusai de payer. D'ailleurs, mes affaires s'étaient
embrouillées et je manquais d'argent Après les délais

légaux et les formalités nécessaires, je fus arrêté et
conduit à la prison pour dettes.

Élodie, je t'avais calomniée! Elle vint me voir
régulièrement rue de la Clé,—les dettiers sous la Restauration habitaient Sainte-Pélagie,—et ma captivité
me parut douce. Le mari pouvait me garder sous clé
aussi longtemps qu'il le désirerait, je ne m'ennuyais
pas. Un beau jour Élodie me rapporta le billet de quinze mille francs qu'elle avait adroitement enlevé de la cassette de son mari. J'étais sauvé! Après quelques formalités judiciaires, j'obtins mon élargissement. La prison a quelquefois du bon; ô journées de Sainte-Pélagie, avec quel bonheur je vous retrouverais aujourd'hui!

La jolie créancière.

Cette aventure me parut un avertissement du ciel! Et mes bonnes résolutions que j'oubliais? Et la grande affaire de mon mariage que je
négligeais? Je résolus d'y revenir sérieusement et
d'en finir avec les égarements du célibataire. Je
me remis à fréquenter assidûment les salons bourgeois. Comme distractions, je ne me permis guère
que la conversation intéressante d'une fraîche et séduisante actrice d'un théâtre de drame. Je lui faisais
répéter ses rôles, nous étudiions ensemble dans le
jour les terribles drames qu'elle allait jouer le soir

sur ses planches pendant que je courais les salons
à la recherche d'une fiancée. Dans ces drames que de
coups de poignard, que de coupes de poison pour

Palmyre apprenant ses rôles.

mon héroïne! Que d'ennuis pour moi dans ces soi-
rées de la bonne société raide et compassée!

Un beau jour, j'appris à ma petite actrice la grande
nouvelle. Mes recherches n'avaient pas été infruc-
tueuses, j'avais enfin trouvé la fiancée de mes rêves,

Portrait compromettant.

une charmante enfant, intelligente, jolie, orpheline, hélas! et nièce d'un notaire. Ma vie allait changer, j'étais arrivé à la grande bifurcation, je prenais à droite la grande route du mariage, monotone peut-être dans ses paysages, mais régulière, calme et sans ornières. Je la laissais à gauche, la délicieuse petite actrice, mais il y avait de ce côté tant de buissons de roses qu'elle ne me regretterait pas longtemps.

Esclandre.

Le mariage arrêté, j'avais à me livrer à de tristes exécutions. Ces portraits étaient compromettants!

Deux souvenirs.

Cette miniature d'enfant, dont il existait, hélas! deux exemplaires pour deux papas différents, peut-être trois, bien compromettante aussi! Les boucles de cheveux si variées, les gants, les rubans, tous mes paquets de lettres, tous ces menus et chers

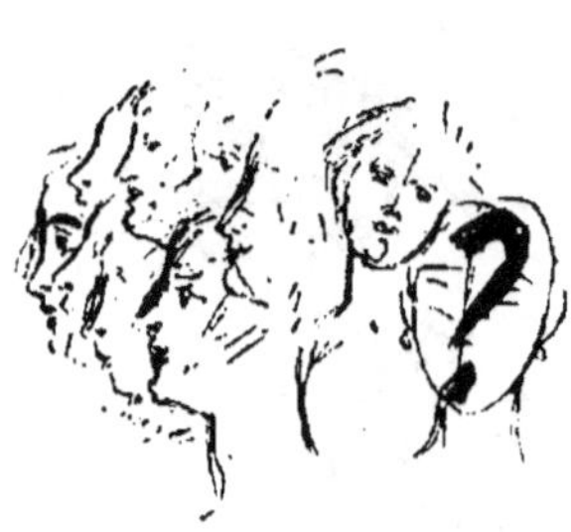

Suppositions.

souvenirs, je devais brûler tout cela! Il le fallait, je ne pouvais les garder et risquer pour eux mon bonheur conjugal. J'hésitai longtemps... et je n'eus pas l'horrible courage de détruire ces chères épaves. J'en emplis deux coffrets que je cachai tout au fond d'un secrétaire. Mais il me restait deux autres souvenirs plus difficiles à dissimuler, deux corsets! Cela, c'était trop grave et trop embarrassant, je dus me résoudre au sacrifice. Avant de livrer aux flammes — avec quel chagrin! — ces cuirasses de satin sous lesquelles deux tendres cœurs avaient battu pour moi, je les dessinai avec soin, avec religion, en essayant de reconstituer les traits de celles qui les avaient portés. Je réussis parfaitement pour l'un de ces corsets, l'image de celle qui me l'avait donné vint d'elle-même se former sous la pointe de mon crayon, avec son charme, sa souplesse de lignes, son expression mutine légèrement alanguie des jours de rendez-vous.

Mais pour le second corset, un corset de l'Empire, je ne pus venir à bout de retrouver les traits de celle dont il avait amoureusement moulé les formes; elle était charmante, cela va sans dire, mais dans quel genre? Comme le temps balaie les souvenirs, hélas! Qu'est-ce que l'homme? Vous prétendez vous intéresser à des événements survenus il y a des douzaines de siècles, vous prétendez reconstituer le caractère, l'histoire de quelque grand homme de la nuit des temps! Illusion! folie! des événements personnels survenus il y a quinze ans sont absolument oubliés; ainsi, je possède un corset, document

Chagrins d'amour.

palpable, et je ne puis seulement reconstituer l'image de celle qui le porta sous l'Empire. Décidément je ne croirai plus un mot de l'histoire qui n'est qu'une grande collection de suppositions, puisque je ne puis plus faire que des suppositions sur la charmante femme qui me laissa ce corset en souvenir de quelques mois ou de quelques semaines de bonheur. Vainement mon crayon, guidé par mon cœur trop incertain, traça des profils sur le papier. Ce joli petit nez à la Roxelane qui flotte dans ma mémoire lui appartenait-il? Peut-être bien! Que sais-je maintenant?

Ce que je sais bien par exemple, c'est que le sacrifice de mes corsets demeura inutile par suite d'un événement qui bouleversa mes projets. Un matin, une semaine peut-être ou une demi-semaine avant l'époque fixée pour mon mariage, j'étais chez moi, sans défiance et occupé très innocemment à me raser, lorsque tout à coup mon domicile fut envahi par ma future accompagnée de son oncle et tuteur le notaire, M⁰ Varin, le type du notaire de l'ancien régime et du tuteur de comédie. Ma femme de ménage eut l'imbécillité de les laisser entrer! Fatalité!

J'eus beau faire du bruit, parler fort, m'exclamer, Palmyre Chatelus, car j'oubliais de dire qu'elle était

là, mon héroïne des drames du boulevard, ma petite romantique — elle était là, à peine réveillée, en train d'apprendre un rôle quelconque, — Palmyre Chatelus semblait prendre plaisir à faire du train malgré mes éclats de voix pour l'avertir!... Je dois le confesser, pour expliquer sa présence matinale, elle était venue la veille me faire une scène et me reprocher ma froideur, et nous avions soupé joyeusement pour célébrer les funérailles de ma vie de garçon...

Chagrins d'amour.

Et M° Varin, tuteur et notaire, doublement facile à offusquer par conséquent, fronçait les sourcils en entendant les tirades de Palmyre, et ma fiancée comprimant son cœur à deux mains, pâlissant, rougis-

L'ange qui me mettait ma cravate.

sant, prête à s'évanouir enfin, regardait la porte de ma chambre avec horreur. Tout à coup Palmyre se mit à chanter, elle le faisait exprès, la triple scélérate! Je me mis à chanter moi-même pour étouffer ses accents, je devais avoir l'air très bête! Mais tout fut inutile; M⁰ Varin, pendant que j'essayais de calmer ma fiancée, eut l'indiscrétion d'ouvrir la porte de ma chambre et ma fiancée se pré-

Incognito.

cipita... Coup de théâtre! Palmyre bondi, se drapa dans les rideaux du lit et belle d'une fureur feinte, avec des gestes dramatiques, comme si elle jouait une de ses pièces, interpella violemment ma fiancée. Flambé, mon mariage! Écroulés, mes plans de régénération morale! Ma fiancée n'avait qu'une chose à faire et elle la fit, elle s'évanouit dans les bras de son tuteur! Quand je les reconduisis, l'oreille basse et la mine longue d'une aune, le tuteur ne m'épargna pas les malédictions! Quelle avanie! Était-ce ma faute? J'avais des ennemis sans doute, une lettre anonyme était venue troubler la tranquillité de ma future et la pousser à cette démarche tout à fait incorrecte, inconvenante même.

Dans l'après-midi, mécontent, humilié, je fis une tentative désespérée pour fléchir la légitime colère de ma fiancée. Ma lettre était humble et repentante, je suppliais, j'implorais! M⁰ Varin me la renvoya avec un arrêt définitif énergiquement formulé :

« Vous êtes un polisson!!! » Dans un accès de férocité, le vindicatif notaire avait fait enregistrer ma lettre avec sa réponse. Voilà comment je ne me mariai pas!

Eh! mon Dieu, après tout, je n'ai rien à me reprocher : j'ai essayé, ce n'est pas ma faute si je n'ai pas réussi! Qu'avais-je besoin de me marier d'ailleurs? Je vous le demande, ô Valérie, femme idéale qui, pendant deux ou trois ans, égayâtes mon existence de célibataire, ange adoré qui me mettiez si gentiment ma cravate!

La cravate! Voilà pourtant une des puissantes raisons qui poussaient autrefois la jeunesse au mariage et à la vie régulière. On a écrit un poème sur l'art de mettre sa cravate. C'était en effet un art difficile. Que de gens ne pouvaient parvenir à faire un nœud passable et, naturellement, cravatés sans correction, devaient renoncer à l'espoir de parvenir! Aussi, dès la majorité on se mariait, pour se faire mettre sa cravate. Et voyez comme le chiffre des mariages a diminué en France et comme l'échelle de la moralité a baissé depuis l'invention de vos petites et mesquines cravates à nœuds simulés! Petites causes et grands effets!

J'occupais alors un appartement au troisième dans la maison d'un des plus élégants établissements de

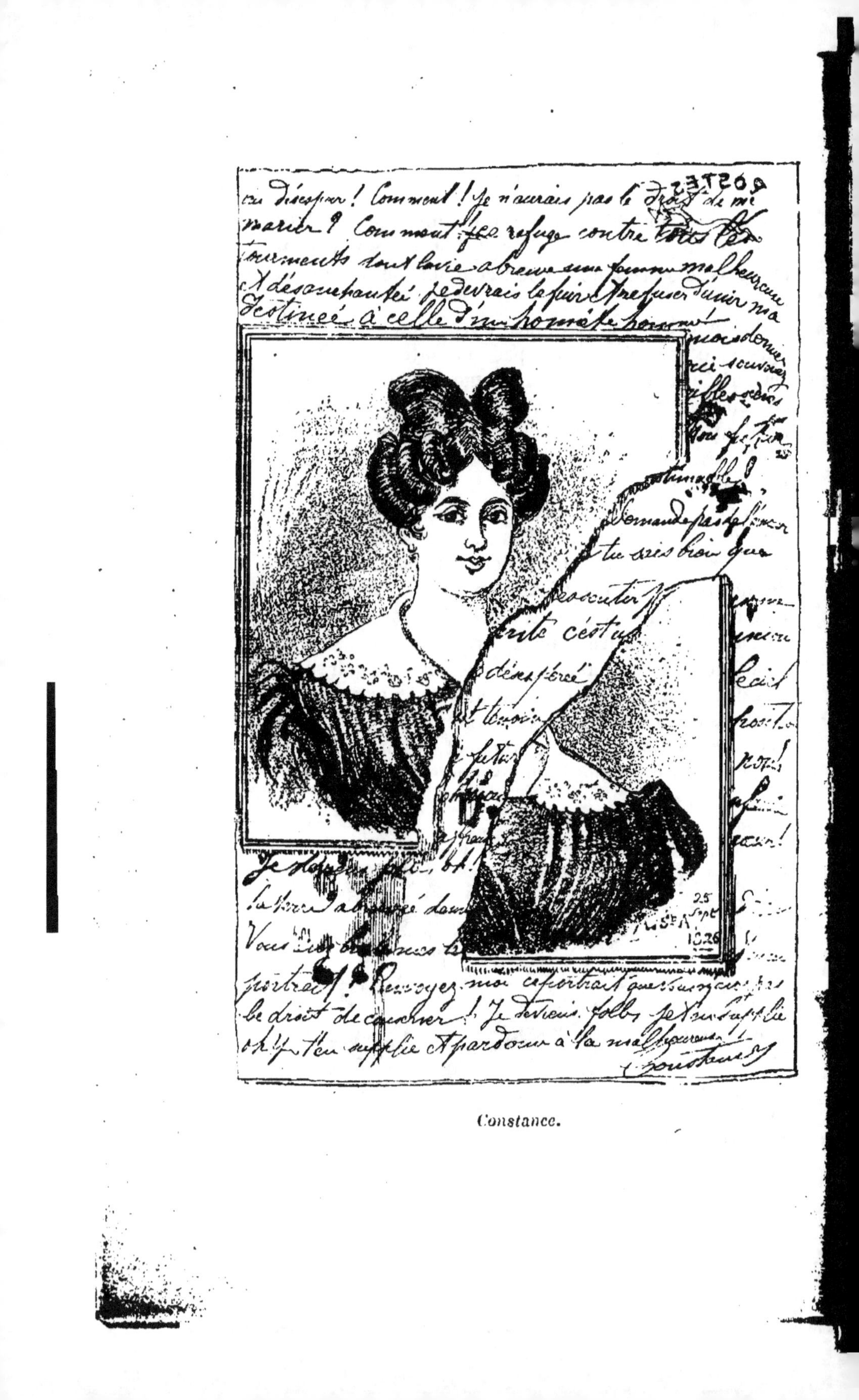

Constance.

bains de Paris. Rien de plus commode pour un garçon. Vous me comprenez, n'est-ce pas?

Souvenir de Juillet 1830.

Après Valérie, certaine dame que je ne nommerai pas vint souvent et souvent me voir. Aucun danger, le mari le plus défiant ne pouvait rien soupçonner: « — Je vais au bain! » Prétexte charmant, ce bain parfumé qui efface les jolis et mignons petits péchés!

Là encore, dans la même maison, je vous aperçois fantômes riants, brune L... qui chantiez toujours, toujours, à toute heure, en vous éveillant, en vous endormant, en vous coiffant, même en vous disputant, ce qui arrivait parfois, avec votre fidèle Aubespin, et même très probablement en trompant le pauvre Aubespin! Je vous revois, blonde A... non moins gaie, non moins aimante, non moins infidèle, le ruban de satin qui ferme ce portefeuille c'est votre jarretière, gage de votre amour.

IV

Orages et rayons de soleil

Il est dans la vie des aventures dont le souvenir reste cuisant comme une brûlure, gênant comme un rhumatisme. Je n'ai pas l'habitude de prendre les choses par le côté noir, ni de faire du romantisme à froid et cependant ce souvenir me crispe encore après tant d'années. J'ai essayé de le laisser de côté, ce désagréable souvenir, mais il s'obstine à rester là et avant de conti-

La jarretière.

nuer, je dois me décider à le fixer sur le papier, à le placer à sa date. Peut-être me laissera-t-il tranquille après cela.

Il me faut remonter un peu. C'était entre mon mariage manqué et le règne de celle qui me mettait si gentiment ma cravate. Elle s'appelait Constance ! Je souligne ce nom, que ce soit ma vengeance !

Que d'assiettes cassées !

Vingt-neuf ans, grande, forte, des sourcils noirs, des cheveux abondants, des tresses de jais qu'elle relevait au sommet de la tête en deux grosses torsades. La voilà telle que je la retrouve sur ce portrait dessiné par moi dans les premiers temps de notre liaison, à une époque où je ne la voyais que très mystérieusement, à cause de Palmyre Chatelus et de mes négociations matrimoniales.

Constance était emportée, irascible, colère ; combien d'assiettes m'a-t-elle cassées lorsque, pour une ombre de motif, elle montait sur ses grands chevaux ! Que de fois, après des scènes violentes qui me faisaient beaucoup de tort dans le voisinage, — « oh ! ces artistes ! » disait une respectable bourgeoise, ma voisine, souvent scandalisée, — que de fois, dis-je, après un grand ravage dans la vaisselle, est-elle partie en jurant qu'elle allait se jeter à l'eau ou s'asphyxier !

Le futur de Constance.

Elle revenait calmée, mais non repentante, puis cela recommençait. Nous en étions arrivés à casser les chaises, à brandir des poignards, à nous arracher des cheveux, moi du moins, car je crois qu'elle s'arrêtait toujours juste à temps dans ses transports, par la crainte de faire du tort à sa coiffure. Moi j'y allais de bon cœur, j'avais des cheveux à revendre, et il m'en reste encore, tout vénérable que je sois.

Cette orageuse liaison se termina par un mariage, — avec un autre heureusement. Après de longues brouilles, après des journées de larmes, de fureurs, de désespoirs même, Constance m'apprit qu'elle se mariait. Quelles tempêtes ! J'étais désespéré ! Je lisais peut-être un peu trop les romantiques à cette époque, j'étais si jeune, à peine quarante-

Supplications.

six ans, et je n'en avouais que trente-cinq !

Constance se mariait, elle épousait un négociant,
un grand dadais né pour se faire conduire tambour

Explications.

battant. Constance me réclama son portrait dessiné
aux beaux jours de notre lune de miel. J'allais le lui
envoyer en morceaux, mais je réfléchis et je le con-
servai, déjà déchiré. La noce se faisait au Cadran
Bleu ; le jour fatal, j'étais là, dans un cabinet, savou-
rant mon sombre désespoir. J'aperçus Constance en

Constance retrouva sa raison la première.

robe blanche avec voile et fleurs d'oranger. Elle aussi, elle me vit. Enfer ! Satan ! Je rugissais... Tout à coup la porte de mon cabinet s'ouvrit et Constance parut... Elle se traîna, pantelante, à mes genoux, elle sanglota, cria, supplia... et tomba dans mes bras. Et la noce attendait toujours ! Je songeais à partir avec elle, à m'enfuir au loin sur une terre étrangère.

Consolations.

Constance retrouva sa raison la première. Nouvelle scène. Je ne pouvais briser son avenir, la perdre !... Encore des sanglots, encore une crise !... La noce cherchait la mariée, Constance me serra sur son cœur et s'enfuit.....

Tel fut le grand drame qui ravagea ma vie et me fit perdre, à la fleur de leur âge, quelques bonnes douzaines de cheveux en 26, 27 et 28.

A cette époque, ce fut comme une épidémie, tout

le monde avait son drame d'amour, sa passion frénétique et coupable, secouée, agitée et traversée par d'incroyables événements.

1830! Le trône s'écroule. En ma qualité d'artiste, ce spectacle m'intéresse.

La réfugiée.

J'ai des velléités de revêtir mon vieil uniforme et de courir à l'assaut des libertés, mais je l'attends! Je suis à ma fenêtre; dans la rue, on dépave, on construit des barricades, *Elle* ne peut venir. Comment s'appelait-elle en juillet 1830? Je ne sais plus. Cela ne fait rien, puisqu'elle ne vient pas. On arrête sous ma fenêtre la diligence de Bretagne pour en faire la pièce principale d'une barricade. L'intérêt redouble. Les voyageurs ahuris font très piteuse mine. Cris de femme. Une dame affolée ne veut pas descendre. Elle se figure que les insurgés vont la massacrer. Je l'entrevois, elle est jolie. En une minute je suis à la barricade et j'offre mon bras et ma protection à la craintive voyageuse. Ma figure la rassure, elle sourit. Un gamin crie : V'là les Suisses! Panique! Les coups de fusil partent tout seuls. J'enlève ma voyageuse et je la dépose en sûreté dans mon appartement.

Elle ne le quitta que quinze jours après. Quand la barricade fut véritablement attaquée, je ne pus rien voir, je dus la garder dans mes bras. Au premier coup de canon, elle m'adora. Que de transes j'eus à calmer pendant trois jours et trois nuits! Charmant souvenir! Elle était légitimiste en arrivant, mes soins la convertirent, elle repartit orléaniste. Son mari, un hobereau breton, ne dut pas la reconnaître.

En ce temps-là l'état de ma fortune me permit d'avoir maison de ville et maison de campagne. A

Paris, mon appartement fut souvent meublé d'une jolie robe de chambre jaune à manches à gigot que je revois encore aujourd'hui rien qu'en fermant les yeux.—Jolie, trop jolie, car on me l'enleva.—Sous

les ombrages d'Auteuil, où se cachait ma maison de campagne, mon cœur se serait bien ennuyé s'il n'avait eu de jolies voisines. Je me rappelle toujours ma première visite chez ma voisine de gauche. Nos jardins se touchaient, un simple treillage nous séparait. Dès le premier jour, je vais présenter mes

Ma passion de Paris.

respects. Monsieur était sorti, madame était seule. Une petite bonne me laisse entrer sans m'annoncer. — Merci, sainte Bêtise ! — Je pénètre dans la maison sans me douter de l'étendue de mon indiscrétion, je me trompe de porte et... je me trouve dans la chambre de madame. Une ombre blanche bondit et s'enveloppe dans un rideau, c'était madame, surprise à sa toilette ! Cette surprise rompit absolument la glace entre ma voisine et moi. Je me retirai avec

Reconnaissance.

les plus galantes excuses. mais je la revis les jours suivants, je lui souris en vieille connaissance ; elle rougit et sourit aussi, puis sourit sans rougir, puis... mais à quoi bon continuer, nous fûmes bons voisins ! Ma voisine voisina souvent chez son voisin. Voilà les charmes de la campagne.

Une autre de mes voisines charma l'été suivant ma solitude champêtre. Poésie et langueur ! Mais elle avait un défaut, que dis-je ? deux défauts ! Son piano sur lequel elle accompagnait ses romances langoureuses

Quand je l'entends gémir sous la feuillée,
Tais-toi, mon cœur, oh ! par pitié, tais-toi !

Les vapeurs.

Remède souverain.

et, deuxième défaut, ses vapeurs ! Les vapeurs venaient d'être inventées. Elle avait continuellement ses vapeurs. Je fus souvent obligé de recourir à la carafe et de lui jeter quelques verres d'eau à la tête.

Ma passion de Paris à la même époque était moins langoureuse, moins vaporeuse et beaucoup plus gaie. Je l'adorais pour l'amour du contraste, la charmante belle, toujours souriante, toujours pimpante et enrubannée ! Elle aimait les parties de campagne, j'avais soin de ne pas la conduire du côté d'Auteuil.

V

Dernières folies

Le temps passait. Les années s'accumulaient, mais je les portais si gaillardement qu'il n'y paraissait que très peu. J'avais 55 ans ; alors je trouvais que c'était beaucoup, maintenant cela me semble à peine la fin de l'adolescence.

Et de fait cette adolescence prolongée s'affirma, il me vint une soif de mouvement, de grand air, de li-

Partie de campagne.

Un bonnet de nuit de province.

berté, le gout des voyages me reprit comme jadis en l'an V. Hélas! plus d'Aurélie! Je partis à travers champs comme un jeune rapin, brossant des paysages, et me rafraîchissant à la fois le corps et l'âme dans un grand bain de soleil et d'air pur. De temps en temps, une bonne aubaine, une distraction. O jolie bonnetière de V..., vous souvenez-vous du peintre parisien logé en face de vos fenêtres? Hélas! il doit y avoir longtemps que vous n'êtes plus jolie, mais alors vous étiez charmante! Que de sacrifices je fis pour vous voir de plus près! Des parties de billard avec votre mari, et jusqu'à son portrait à lui, cet imbécile, une vraie monstruosité à l'huile, que j'entrepris avec l'espoir d'arriver à vous égayer un peu, pauvre petite femme mariée à ce triple bonnetier!

De ces voyages à travers la Normandie, la Touraine et la Bretagne, il me reste encore ce souvenir : un bonnet de nuit de province encadrant une tête naïve... chut! Je connaissais à Paris un autre bonnet de nuit à qui certes il n'eût pas fait bon de conter mes petites aubaines provinciales! Que de sermons il m'a faits ce bonnet de nuit; il avait vingt-cinq ans à peine, mais il prêchait bien. Et s'il avait appris mon aventure de l'hôtel du Dey d'Alger ancienne Tête-None ... que je l'avais rencontrée en diligence; vive-

Le portrait du bonnetier.

ment intéressé par son charme et sa distinction,
je m'étais ingénié à lui faire prendre en patience la
longueur de la route. Nous causions agréablement,

La jolie bonnetière.

j'étais rempli d'égards et aux petits soins pour elle ;
aux montées, je descendais avec elle et je lui offrais
mon bras. Mais je m'explique mal, je ne parle pas de
la Tête-Noire, je parle de la plus exquise voyageuse
qui voyagea jamais au temps des diligences. Après

Elle prêchait bien.

trente-six heures de tête-à-tête dans ces véhicules d'antan, on était amis... ou... ennemis intimes. Nous n'étions pas ennemis du tout en arrivant à B... où ma voyageuse devait attendre la correspondance. Nous descendîmes au Dey d'Alger. Premier bonheur, nos chambres étaient voisines. J'opérai une reconnaissance. Deuxième bonheur, elles étaient réunies au dehors par un balcon commun. Je me gardai bien de paraître sur ce balcon, je ne m'y risquai que le soir, pour prendre l'air après dîner, chose bien naturelle. La fenêtre de ma voisine était éclairée, comment résister à la tentation de jeter un coup d'œil à travers les rideaux ? Je ne résistai pas et justement c'était très indiscret, car ma voisine se préparait à gagner son lit.

Le lacet de son corset lui donnait quelque peine... oui vraiment, il y avait un nœud à ce lacet rebelle et sans moi.

En diligence.

ma voisine eût été obligée de le couper!... Jolie
voyageuse du Dey d'Alger, bonne chère vieille
dame, si vous vivez encore, dites, vous souvenez-
vous? Que j'aimerais donc à vous rencontrer là-haut
en diligence, s'il y a là-haut des diligences et s'il y a
des Dey d'Alger !

Promenade à âne.

Les jours passent. Est-ce à cette date que je dois
porter les délicieuses promenades à âne à Montmorency? Je n'avais pas connu ces plaisirs purs et naïfs
dans ma prime jeunesse, je rajeunissais donc puisque
j'y trouvais un vrai plaisir. Celle qui m'inspira ces
goûts champêtres était modiste....... il me semble
que j'en avais déjà connu des modistes, ou, je dois

La jolie voyageuse du Dey d'Alger.

en avoir connu......... J'avais rencontré Zélie un
jour de giboulées, elle était en déroute, la pauvre
enfant, la bourrasque lui enlevait son chapeau, son
carton de modes, et lui soulevait les jupes avec
toute l'inconvenance que peuvent y mettre des zé-

Perquisitions !

phyrs en gaîté. Mon intervention la sauva du désas-
tre, je lui offris d'abord mon parapluie et mon bras...
   Comment, après avoir plusieurs fois cavalcadé dans
les bois de Montmorency avec la petite modiste, me
retrouvai-je un jour dans les mêmes bois avec
Mme Hortense, sa patronne, assise sur le même âne?
C'est assez simple; en allant certains soirs prendre

Zélie à son magasin, je remarquai la patronne, beauté brune en plein épanouissement, et la patronne me remarqua. Il n'y a dans cet aveu aucune fatuité de ma part, elle me remarqua et l'impression que je fis sur son esprit ne fut pas désagréable puisque trois semaines après notre première entrevue, comme je tombais un soir à ses genoux, — le magasin était vide, j'avais vu partir ces demoiselles, — elle se laissa choir dans mes bras.

Aimable, gracieuse, gaie, spirituelle, ma modiste possède bien des qualités, mais elle est possédée par un terrible défaut. De toutes les jalouses que j'ai connues, c'est bien la plus ennuyeuse dans ses accès, — à part Constance qui était vraiment exceptionnelle sous ce rapport. — Je ne suis pourtant pas jaloux de son passé, je ne lui parle jamais de son mari, parti sans donner d'adresse, paraît-il, mais elle ne peut pas me laisser tranquille. Elle opère des fouilles dans mes tiroirs, elle bouleverse mes papiers de famille et met à sac les pauvres paquets de lettres d'autrefois. Un jour, elle a mis la main sur les lettres d'Élodie. 1808! Elle m'a regardé.

— Parbleu ! ai-je dit, j'étais au collège en 1808, j'ai hérité ces lettres d'un oncle mauvais sujet !...

Jalousie

Les lettres d'Élodie étaient sauvées ! Si elle s'était doutée de mes promenades avec Zélie, sans nul doute elle m'eût arraché les yeux !

Quelque temps après, à tous mes défauts s'ajouta la gourmandise. Jamais auparavant je n'avais cultivé ce vice;

la table, cela m'é-
tait bien égal !
Certainement je
n'étais pas une
mauvaise four-
chette, j'avais
bon pied, bon œil
et bon appétit,
je ne dédaignais
pas un plat réussi
et je dégustais
avec plaisir un
vin aimable, mais
je n'accordais pas
aux satisfactions
de l'estomac une
importance ex-
ceptionnelle. A
cette époque de

Elle aimait les bonnes choses.

ma vie, le cœur se fit complice de l'estomac. Celle
que j'aimais alors aimait les bonnes choses et commença mon éducation de gourmet. Elle me fit changer
de cuisinière et ne dédaigna pas de mettre parfois
ses belles mains à la pâte. Quels repas ! J'étais riche,
avec mes 7.500 fr. de rente, je pouvais m'adonner à la
gastronomie.

Je veux passer rapidement sur quelques menues
distractions et sur certaines figures agréables qui
embellirent mes jours de 1837 à 1839, pour en arriver
à mes deux, non pas dernières, mais avant-dernières
folies ! Elles furent assez bien remplies, ces années
qui me séparaient de l'an 40, dont je ne me moquais
pas, moi, du redoutable an 40 qui devait me donner...
brrr... la soixantaine ! Ces années furent consacrées
aux arts, la gastronomie d'abord, — j'y avais pris
goût, — puis la musique, la peinture et la danse. Je

Mobilier de garçon.

Paroissienne de Sainte-Lorette

donnai des leçons de peinture à une dame qui se montra reconnaissante ; toutes les romances composées dans le cours de ma vie en l'honneur de nombreuses belles, je les chantai à une autre dame qui les prit pour elle. Je ne connaissais pas une note de musique, mais je chantais agréablement. Que de duos ! Quant à la danse, elle fut représentée dans ma vie par une demoiselle du corps de ballet.

mon Dieu, oui, une danseuse sans engagement. paroissienne de Sainte-Lorette, vive, enjouée. légère, oh ! légère surtout, car elle disparaissait par moments sans laisser de traces, à croire que dans un entrechat trop vif elle s'était accrochée à quelque nuage passant, et elle revenait aussi soudainement quinze jours ou trois semaines après, sans prévenir comme si, de son nuage, elle retombait sur ses pointes.

J'en arrive à mes deux avant-dernières folies. L'antépénultième était bas-bleu !

La littérature manquait

dans ma vie. Grands Dieux! quelle consommation
d'encre, quelle tourmente épistolaire! Des lettres,
des billets, des mots, c'est-à-dire quinze pages,
huit pages, quatre pages! de l'amour, des larmes,
des désespoirs — à propos de bottes! — Sommé
de répondre, j'aurais avec elle dépensé ma cer-
velle et mon cœur en phrases brûlantes et mangé
mes rentes en ports de lettres.

Je fus lâche, je m'enfuis à la campagne et pour re-
tremper mon âme épuisée par les transports épisto-
laires, je fis de longues courses à cheval, j'essayai de
redevenir hussard.

Ce fut au cours de ces promenades équestres que je
connus mon avant-dernière folie. Tous les jours je
passais devant sa terrasse et je la voyais assise con-
templant l'horizon et le cavalier qui passait de ses yeux
mélancoliques. Je la rencontrai chez des amis et je pus
lui exprimer ma sympathie. La malheureuse, elle
était mariée à un prosaïque député; ancien avoué.....

J. Mosaïque.

La sympathie pour
son malheur m'en-
traîna un peu loin :
quinze jours après, la
pauvre âme incom-
prise, suspendue à
mon cou, exigeait que
je l'enlevasse! Italie!
Italie! Une chaumière
au bord d'un lac!
Amour éternel! Azur
partout! Quelle gloire
pour un homme de
mon âge! Ah! si j'avais
eu quinze ans de
moins! Mais de l'an-
cien hussard, hélas!

il ne restait que le cheval! Pour calmer la pauvre enfant, je pris un parti héroïque : — Ange adorée! m'écriai-je, j'ai cinquante-neuf ans! Elle poussa un cri d'horreur et s'évanouit.

Au même instant je ressentis une violente attaque de rhumatisme.

La Peinture.

Regrets.

VI ·

L'Expiation

Babet Taupin entre dans ma vie. J'ai soixante ans! Un lait de poule et mon bonnet de nuit, Béranger l'a dit, voilà tout ce qu'il me faut désormais!

« *O Temps, suspends ton vol!* »

Je proteste, j'ai des velléités de révolte, mon cœur est encore jeune, ventrebleu!

Babet n'est pas ma dernière folie, elle est ma première bêtise. Babet n'a que trente-cinq ans, elle est douillette, grasse; le jour où elle débarque chez moi, douce, timide, avec de grands anneaux aux oreilles et le bonnet de sa province sur ses yeux pudiquement baissés, je la trouve gentille. C'est bien la gouvernante qu'il faut à un jeune vieux garçon comme moi. Elle est mariée. Elle a eu des malheurs, ce scélérat de Taupin la battait... horrible! horrible! Je ne comprenais pas Taupin alors!

Première transformation, peu à peu Babet devient

moins timide, ses yeux se relè-
vent, son nez prend des mines
de petit effronté. Pauvre Taupin!... Bah! puisqu'il la battait!
Vais-je avoir des scrupules pour
Taupin, pour ce brutal?...

Deuxième transformation, Babet devient tout à fait familière.

Troisième transformation, Babet devient autoritaire. Puis-

*Un lait de poule et
son bonnet de nuit.*

qu'elle est gouvernante, elle doit tenir les rênes du
gouvernement. Et elle les saisit d'une main ferme.

Je n'ai pour échapper à Babet d'autre ressource
que le mariage. Mes vieilles idées matrimoniales me
reviennent, il est encore temps de me ranger, comme
on dit. Justement une jeune et aimable veuve de
mes connaissances ferait bien mon affaire, elle a
trente-six ans, nos âges sont en rapport. Malgré les scènes avec Babet, je fais ma cour, je lui conviens à n'en pas douter, elle se laisse embrasser la main et sourit à mes galanteries respectueuses.

Sans nul doute ma demande sera bien accueillie, je puis la risquer. Je la risque! Patatras! Babet a fait des siennes! J'aurais dû m'en douter à ses sourires, à sa tranquillité.

Babet devient familière.

L'expiation. — Babet Taupin 1840.

Qu'a-t-elle pu raconter, inventer? De mes rhumatismes, gagnés au service de la France quand
j'étais hussard, elle a fait je ne sais quoi, des
montagnes! Elle m'a peint en valétudinaire! En caco-
chyme! en podagre!... Et celle que je considérais déjà
comme ma fiancée, me répond par une lettre dans
laquelle, sans périphrases, elle m'envoie prendre
mes invalides ailleurs! Mes invalides à 61 ans et
demi!

Et voilà comment je ne pus mener à bonne fin ma
dernière folie! Mon énergie m'abandonna. Babet
reprit son sceptre. J'allais expier toutes mes vieilles
fautes! Je commençai la série de mes testaments, lé-
guant à Babet d'abord 600 livres de rente viagère,
puis 800, puis 1,000, puis 1,200. En 1850, j'en étais à
trois mille.

Un lait de poule et mon bonnet de nuit! Je n'étais
plus fringant du tout. Babet devenait une grosse
bourgeoise portant châle et chapeau. Son nez n'avait
plus la gentillesse de 1840 et son caractère s'aigris-
sait de plus en plus. O Taupin, tu avais pris le parti
le plus sage, tu l'avais planté là jadis! Moi je ne
pouvais pas; à soixante-quinze ans passés, on
n'aime pas les scènes. Et puis était-ce bien la peine
de lutter pour les quelques jours qui me res-
taient à vivre? car je comptais bien que mes
rhumatismes et mes ennuis allaient abréger mes
jours et je me préparais à

Babet se transforme.

faire bonne mine au nautonier Caron, comme
on disait dans mon temps. Les années passèrent
et, à mon grand étonnement, je durais toujours. Je

Dernières velléités matrimoniales.

reverdissais même pendant que Babet grossissait et
s'alourdissait. Par mon testament de 1860, je lui
léguai cinq mille francs de rente viagère, je ne lési-
nais plus, un vague espoir venait de naître dans mon

cœur, l'espoir d'enterrer Babet. Hé. hé ! une bonne
farce à lui faire ! Avec une volonté ferme, avec de la
ténacité je pouvais y arriver. La gaîté revint, ma
vie avait un but !

Comme tout changeait autour de moi, les gouver-
nements, les gens, les mœurs, Babet et tout ! Retiré
à la campagne dans le village de Belleville, en 1840.
j'avais vu la ville me gagner et enfermer peu à peu
mon jardin plein de roses dans une ceinture de maisons ; il poussait des cheminées où j'avais vu pousser du blé ; à la place des vignes qui donnaient de la

Les scènes de Babet.

piquette pour les cabarets de la barrière, je voyais
de laides bâtisses ou des usines. Plus de poésie dans
ce triste monde, plus beaucoup d'amour peut-être,
ce sentiment doit s'être transformé lui aussi, plus de
galanterie, de la grossièreté ! plus rien ! Comme les
femmes doivent être malheureuses ! je suis certain
qu'en ce siècle plein de prosaïsme, on ne voit plus
aucune jeune fille s'engager par amour dans les
hussards !

Babet continuait à se transformer, elle devenait
monstrueuse ; dans le quartier elle était très consi-
dérée, c'était Madame Taupin, « *une digne parente
qui se dévoue à soigner ce vieux M. Aubespin de
Saint-Amour !...* » J'avais parlé de la faire ma légataire

universelle et elle ne me pressait nullement de porter ces nouvelles dispositions sur papier timbré. Elle me regardait d'un œil inquiet, évidemment elle commençait à craindre de partir avant moi, le vieux qui n'avait plus d'âge. Je savourais ses frémissements et ses inquiétudes, c'était ma vengeance!...

Et pendant cette longue, longue période, pendant ces années que je m'obstine à vivre pour ennuyer Babet, mon seul bonheur, bonheur doux et amer, est de m'éloigner de ce monde nouveau que j'ignore, où personne ne me connaît plus et ne m'aime plus, et de retourner en arrière dans l'ancien monde disparu, de m'enfoncer dans mes souvenirs, de passer la revue des joies du passé. Celles que j'ai aimées, —et qui me l'ont un peu rendu, — je les aime encore, rétrospectivement, hélas! je fais plus que les aimer, je leur voue un culte! Il me semble

Babet grosse bourgeoise.

que je ne les ai pas suffisamment appréciées, chéries, adorées...

Comme je voudrais pouvoir ressaisir quelques heures de ce passé si lointain pour leur dire des choses que je dois avoir oublié de leur dire et qui me reviennent maintenant!... Et j'ai eu des torts aussi que je voudrais bien réparer... et j'ai des explications que je voudrais bien donner... O vous les belles volages qui m'avez trompé jadis, il y a longtemps que je vous ai pardonné, vous êtes là comme

Réminiscences.

les autres devant moi, fantômes chéris, et je vous
aime tout autant...

Hélas! sourires féminins, rayons d'un soleil disparu
qui n'illuminerez plus ma vie, c'est fini, vous ne
flamberez plus pour moi, le vieux centenaire, dans
ce monde-ci du moins. Il n'y a plus que Babet et
Babet ne sourit pas.

L'expiation. — Babet Taupin 1880.

Que dis-je, Babet! La voilà partie à son tour!
Maintenant mon obstination n'a plus aucun motif et
je serais impardonnable de rester plus longtemps, je
dois paraître indiscret! Je dois m'en aller. Voyons
l'almanach, ce carton cruel que je cache dès que le
facteur me l'a donné avec ses souhaits, — c'est d'ailleurs la seule chose qu'il m'apporte puisque personne
ne peut plus m'écrire. Voyons, en quelle année
sommes-nous au juste? Ciel! mais je vais avoir cent
un ans dans quelques jours!...

Encore quelques journées de patience, au plus
quelques semaines à user dans la contemplation
de mes portraits aimés... Vous reverrai-je là-haut,
chères aimées, fidèles ou volages? Qui sait? Le premier moment sera gênant, mais après une explica-
tion franche, j'ose espérer que tout s'arrangera, que
Babet ne sera pas là et que vous me sourirez
encore!

Dernière passion.

TABLE

PARIS — IMPRIMERIE BREVETÉE CHARLES BLOT

RUE BLEUE, 7